CW00482063

COLLECTION FOLIO

Nathacha Appanah

La noce d'Anna

Gallimard

© Éditions Gallimard, 2005.

Nathacha Appanah est née en 1973 à l'île Maurice. Elle vit à Paris et travaille pour une ONG. Elle a publié trois romans aux Éditions Gallimard — *Les rochers de Poudre d'Or* en 2003 (prix RFO, prix Rosine Perrier), *Blue Bay Palace* en 2004 (Grand Prix littéraire des océans Indien et Pacifique) et *La noce d'Anna* en 2005 (prix Grand Public du Salon du livre). Son quatrième roman, *Le dernier frère*, paru en 2007 aux Éditions de l'Olivier, a été récompensé par le prix du Roman FNAC, le prix des Lecteurs de *L'Express*, le prix Culture et Bibliothèque pour tous, et a été traduit en treize langues.

À Bernard

1

Il faut que je raconte doucement. Avec calme, sans me presser. Que j'attende que les mots se détachent du fond de moi-même, se promènent un peu, arrivent jusqu'à ma gorge et sortent comme un souffle, une expiration comme une autre, quelque chose que l'on fait des milliers de fois par jour, une évidence. Pour une fois, ne pas se laisser bousculer, ne pas céder au quotidien, résister à l'occupation première de nous tous, chaque matin : remplir nos vies, jouer à être Dieu, faire les cons.

Il faut que je dise comment nous attendons des années pour qu'enfin il se passe quelque chose, qu'enfin la roue tourne, qu'enfin nous soyons boutés hors de la torpeur du quotidien et soudain, au détour d'un regard, dans la chimère d'une journée semblable à une autre, c'est là, maintenant, ici, ce que nous espérons depuis toujours : une autre vie à portée de main. Mais, bien souvent, à force de remplir nos vies, de jouer à être Dieu, de faire les cons, ce moment-là nous échappe et nous continuons sans nous douter une seconde que nous avons laissé, là, maintenant, ici, la chance de notre vie, l'homme de notre vie, la femme de notre vie.

C'est le 21 avril. Je me réveille avec la lumière qui sourd entre les volets de bois brun et qui se balade le long de mon lit, à gauche, de mon côté. Il semble que je choisisse toujours le côté du lit où le soleil se fraye un passage, à l'aube. Dans toutes les chambres, chez des amis, dans les hôtels, je me retrouve de ce côté exact du lit, là où le matin vient me trouver. Peut-être n'est-ce qu'une idée à moi, de ces milliers d'idées qui me trottent dans la tête et auxquelles je crois tout simplement parce qu'elles sont là, toujours, au même endroit. J'ai la bouche pâteuse ce matin, ce doit être parce que j'ai recommencé à fumer depuis quelques mois.

Ça m'a repris comme cela, alors que tout autour de moi les gens arrêtent de tirer sur la cigarette, prennent la bonne décision, moi je fais marche arrière. Je me promène avec ce paquet de fines blondes qui me donnent un air ridicule, me dit Anna, ma fille, ma fille sérieuse et sage. Elle me regarde avec un air sévère, et moi, sa mère, je suis obligée de baisser les yeux, je remets honteusement mon paquet dans mon sac. Des paquets qui alertent les gens autour de moi que je vais mourir, que je pollue mon environnement, que ma mort sera lente et douloureuse. Ces paquets me préviennent d'un millier de choses monstrueuses (cancer, impuissance, impotence, laideur…) qui devraient me retenir de fumer, d'envahir mes poumons de nicotine 0,70 mg, de goudrons 8 mg et de monoxyde de carbone 8 mg mais non, mon courage ou mon inconscience sont sans limites, je fume.

Ma fille Anna, elle, ne fume pas. Je suis contente de cela, je la félicite de sa volonté, de sa droiture, de sa constance en tout comme elle a toujours su faire, mais parfois je donnerais n'importe quoi pour partager une clope avec elle, dans le silence, nous deux ensemble noyées dans les volutes. On partagerait quelque chose d'interdit qui nous aurait rapprochées mais ce n'est pas convenable de penser à ces choses-là. Une mère ne fait pas cela. Une mère est une sainte, tout le monde le sait. Elle donne des conseils avisés, dit les bonnes choses au bon moment, est pleine de douceur et d'amour, cuisine de bons petits plats dont, plus tard, elle donnera les recettes dans un cahier jauni à spirale et avec sa jolie écriture (forcément, une mère ça écrit bien, propre, déliés, attachés, courbés, liés, les mots comme des gestes d'une infinie tendresse), elle intitulera les recettes, donnera les ingrédients exacts, des tuyaux pour ne pas rater telle sauce, les petits trucs qui feront que ce serait une recette tenue d'une mère.

Anna m'appelle maman. J'aurais aimé qu'elle me donne un petit nom, quelque chose qu'elle aurait inventé pour moi, qui ne serait qu'à moi et si, par hasard, un jour, elle m'appelle alors que j'ai le dos tourné dans une grosse foule, si ce jour-là elle m'appelle à tue-tête de ce nom qu'elle m'aurait donné, je me retournerai, forcément, je saurai. Mais dans une foule, si quelqu'un crie maman, des centaines de femmes se retournent. Anna m'appelle maman, solennellement, gravement. Elle y met de la force, elle articule, elle fait des angles droits à ce mot-là, des falaises abruptes et des rochers affûtés en dessous, elle y met de la distance parfois, de la réprobation souvent. Elle me somme aussi, ai-je quelquefois l'impression, puisque je me raidis à ce mot-là. Une ou deux fois, au lieu de maman j'ai entendu madame et ça m'a rempli le cœur de larmes.

Anna. Ma grande fille, mon enfant unique. Que j'ai élevée maladroitement parce que ces choses-là ne sont pas dans les livres que je lis et que j'écris. Anna, ma fille qui me ressemble un peu je crois, elle a mes cheveux noirs et épais qu'elle laisse pousser jusqu'aux omoplates et quand, le soir, elle les tourne autour d'un crayon, je sais que ce geste-là nous appartient. Quand elle était petite, je passais des heures à la regarder, à l'ausculter pour ensuite m'étonner qu'elle soit sortie de moi. Ses doigts, ses ongles forts comme les miens qui ne se cassent jamais, ses orteils bien détachés, l'ongle du plus petit doigt de pied, presque invisible, on croirait un bout de peau un peu plus dur, c'est tout, les lignes de sa main que j'essayais de lire en fronçant les sourcils, essayant de voir dans son avenir et en me félicitant de ses lignes bien tracées — n'est-ce pas là, avais-je lu, signe de vie longue et heureuse, comme un fleuve tranquille ? La tache de naissance au milieu du dos, sombre et en forme de poire. Les milliers de petits cheveux à la base de sa natte, ses épaules fines, ses genoux bien nets, bien lisses. Elle ne faisait pas beaucoup de bêtises, Anna ; elle ne s'est par exemple jamais éclaté le genou, comme moi, petite fille et adolescente, cela m'est arrivé des dizaines de fois.

Le soir, quand elle était petite, elle passait ses petits doigts sur mes nombreuses cicatrices enflées et je lui racontais leur histoire. Ça, c'est quand j'ai grimpé le manguier pour cueillir le fruit le plus rouge et que la branche a craqué. J'ai atterri sur une terre molle mais il avait suffi d'un caillou, d'un seul, pour m'écorcher méchamment. Ça, c'est une course de deux cents mètres, à l'école, j'avais quinze ans, la piste synthétique n'existait pas, je courais avec mes tennis blancs aux semelles en caoutchouc sur du petit gravier qui faisait crish crish crish à chaque foulée. Je suis tombée, me suis relevée aussi sec comme si de rien n'était et j'ai terminé le sprint. Après, deux infirmières m'avaient tenu les bras et les jambes tandis qu'une autre enlevait à la pince les graviers enfoncés dans la chair rouge. J'avais quand même gagné la course, pas la mangue, mais cette partie de l'histoire ne l'intéressait pas. Là, c'est un match de foot sur une pelouse détrempée et boueuse avec mon frère, le pied qui glisse sur le ballon, le genou brisé, une opération qui laisse une longue cicatrice comme une fermeture Éclair, des élancements de douleur quand le froid vient. Anna frissonnait et me disait, déjà, «Maman tu es incorrigible». J'aimais lui raconter cela, j'espérais qu'elle en tire de la fierté, sa mère casse-cou, incorrigible, sa mère garçon manqué, et qu'elle raconte à ses amis la mère turbulente qu'elle a mais non, elle en a gardé de l'incompréhension, un peu de honte aussi parfois. Je le sais bien, quand elle avait des amis à la maison et que, au dîner, je lançais que j'avais été championne de sprint, moi l'écrivain soi-disant, la femme aux grands cheveux et aux yeux fuyants sur les photos. Je disais cela pour épater ses amis, pour qu'ils aient moins peur de moi aussi, entourée de mes livres, que je les fasse rire, j'ai beaucoup d'histoires marrantes à raconter sur mes courses, mais Anna se recroquevillait, gênée, me sortait son «maman» plein de reproches et je me taisais. Elle aurait tant voulu une mère comme les autres, une mère au corps parfait et aux genoux lisses.

Son corps de petite fille, je m'en souviens et, si je savais dessiner, je le reproduirais au détail près. Je ne sais ce qu'il est devenu car, depuis ses onze ans, Anna s'enferme à double tour pour se changer. L'été, quand elle est en maillot, j'essaie d'apercevoir, subrepticement, comme une voyeuse, la tache de naissance en forme de poire, je voudrais qu'elle me laisse lui masser les pieds pour que je puisse explorer le petit ongle mais elle n'aime pas cela. Trop de contact, trop d'intimité avec moi la met mal à l'aise. Anna, ma fille, s'est éloignée de moi très jeune. Ou est-ce moi qui ai fait le premier pas de côté à force d'être penchée sur des livres, de nourrir des familles entières dans ma tête, de les aimer, de les faire grandir, de les tuer, de les triturer à ma guise, peut-être dans ces moments-là, ai-je été une mère distante, absente, faite de cendres et de fumée ?

Quand elle a eu son premier chagrin d'amour, elle ne m'a pas parlé, je l'entendais pleurer à travers la cloison qui sépare nos chambres, je lui faisais du thé qu'elle laissait refroidir jusqu'à ce qu'une peau brune se forme sur la surface et s'accroche aux parois de la tasse comme du lichen. Elle préférait le café mais je ne sais pas faire le café, je n'arrive qu'à obtenir un liquide marron sans goût précis. Je voulais la prendre dans mes bras un peu, caresser ses cheveux, lui dire que ça passera, la prendre sur mon cœur, comme quand elle était petite mais non, elle n'a pas voulu et sûrement n'ai-je pas su m'y prendre correctement. Je me suis dit que peut-être, elle ne m'aimait pas. C'est possible, cela arrive beaucoup plus souvent qu'on le pense, les enfants ne sont pas obligés d'aimer leurs parents.

Elle a fait des études de chiffres, Anna. Quand je dis cela, elle lève les yeux au ciel, avec son air exaspéré de bourgeoise. Les lèvres pincées et se tordant un peu vers le bas, le soupir lourd, la tête qui se secoue presque imperceptiblement, la main gauche qui part dans un geste lent et résigné. Où a-t-elle appris à faire cela ? Elle faisait des calculs, des tables compliquées, les chiffres dansaient dans ses cahiers, des graphiques avec des courbes et des projections de chiffres d'affaires, des théories qui expliquent pourquoi le marché va mal, pourquoi il ira mieux, elle a fait ça, Anna. Les romans, les histoires, les langues, la littérature, très peu pour elle. Mais pourtant je n'ai jamais cessé de lui acheter des livres. Tous les dimanches, je traîne le long de la Saône chez les bouquinistes qui me connaissent bien maintenant, ils me vouvoient toujours mais m'appellent par mon prénom, j'aime bien ça, entendre mon prénom et un vous qui s'y colle. J'ai l'impression d'être respectée et pourtant d'être assez séduisante pour encore avoir un prénom qu'on promène sur la langue. Je trouve toujours un livre qui j'espère va intéresser Anna. Je le ramène dans mon panier, parmi les vieilleries que j'ai achetées et, quand je le lui tends, elle me remercie, elle lit le titre, s'égare poliment sur la quatrième de couverture en faisant mine d'apprécier mais, ensuite, elle le range dans la grande bibliothèque, parmi mes livres. Une fois, une seule, je ne lui ai rien amené. J'avais mis tout mon argent dans un seul recueil de Camus, une reliure ancienne couleur bordeaux, un recueil de ses pièces de théâtre, et, sur la première page, quelqu'un avait inscrit « avec amour » avec un stylo qui tache. Je l'ai pris pour ça, pour cet « avec amour » non signé et maladroit.

Après, je n'avais plus un centime pour autre chose. Quand je suis rentrée, Anna m'a aidée avec les courses du marché, puis, elle a attendu à côté de moi. Quand elle a vu qu'il n'y avait rien pour elle, elle m'a touché le bras doucement, a dit «Ça va maman? On va au ciné si tu veux ce soir». Il y avait une inquiétude touchante à sa voix, peut-être a-t-elle cru que j'étais fâchée contre elle, et cette soudaine attention a ramolli mon cœur et je me suis retenue de pleurer. Peut-être, après tout, m'aime-t-elle un peu? Peut-être, après tout, ce sont ces petits riens qui font la différence? Une habitude, une routine et, soudain, un changement et on découvre, les mains dans la tête, ce que l'on a perdu.

Quand je me réveille ce matin du 21 avril, je reste assise longtemps dans mon lit, le rayon de soleil chauffant mon épaule gauche avec douceur. Dehors, quelques enfants jouent aux patins, j'entends le grincement des roues. Je me lève enfin, je marche avec attention, j'ai soif, j'essaie de ne pas faire craquer le parquet. Dans ma cuisine, il y a beaucoup de paquets dans des sacs élégants en papier avec des anses tressées comme des embrasses de rideau au toucher de soie. Tout à l'heure, ne pouvant me résoudre à les jeter, je plierai les sacs avec attention et je les tasserai derrière la planche à repasser où il y en a déjà toute une colonne.

Je pousse précautionneusement la porte de la chambre d'Anna et je m'approche d'elle. Je me fais aussi légère que possible, aussi silencieuse que je peux malgré mon envie de tousser et de racler ma gorge. Pourquoi ai-je recommencé à fumer ? Je transpire un peu comme si j'avais peur qu'elle se réveille et qu'elle me lance son « maman » réprobateur et qu'il faille que je batte en retraite. Sa chambre est fraîche, elle dort sur le dos, ma fille, un bras en travers de la poitrine, un autre quelque part sous l'oreiller. Ses cheveux noirs sont étalés sur l'oreiller et je rêve un moment qu'elle ouvre les yeux, qu'elle me sourie et que je me glisse à ses côtés et qu'on s'endorme encore un peu, ensemble, c'est samedi, tout est permis. Mais non, elle dort, elle respire, la bouche entrouverte, on voit ses dents de devant, bien alignées, blanches et parfaites, des dents d'actrice américaine. Elle a porté un appareil il y a quelques années, à mon grand désarroi. Je trouvais que ses deux dents de devant qui se chevauchaient légèrement lui donnaient un air mutin et doux mais elle a fait fi de mes conseils de mère inconsciente contre, a-t-on jamais vu ça, les appareils dentaires. Sa peau resplendit avec cette lumière un peu bleutée du matin. Je reste là un moment, à la regarder dormir, à imaginer les rêves de princesse qu'elle doit faire parce qu'elle y ressemble, ma fille, à une princesse. À côté de son lit, sur un cintre, dort debout sa belle robe de mariée tout ivoire.

Tout à l'heure, je lui ferai une surprise. *Something old, something new, something borrowed and something blue*. Quelque chose de vieux, d'emprunté, de bleu et de neuf. Dans un paquet que j'ai fait il y a deux semaines, un vieux mouchoir qui me vient de ma mère, mon bracelet en or auquel je tiens tant et que je lui prête, une petite culotte en soie bleue qui glisse entre les doigts, j'espère qu'elle ne m'en voudra pas, elle n'aime pas que je lui offre des sous-vêtements et, pour le neuf, j'ai sifflé tout mon compte épargne pour des petites boucles d'oreilles avec des vraies perles ivoire. Tout ça, si elle le veut bien, elle le portera aujourd'hui, le jour de sa noce, pour lui porter bonheur.

Sur le mur, la robe est accrochée comme un tableau de chasse. Elle est belle, sans doute un peu sage mais, qu'importe, c'est le jour d'Anna. Aujourd'hui, 21 avril, je marie ma fille, je laisserai de côté mes pensées de vieille folle, je serai comme elle aime que je sois : digne, bien coiffée, bien maquillée, souriante, prête à des conversations que je suivrai avec un enthousiasme feint et qui ne me laisseront aucun souvenir, parée pour butiner d'invité en invitée, mère parfaite que je serai aujourd'hui. Je me cacherai pour inhaler mes Fumer Tue.

Je marie ma fille, aujourd'hui. Cette phrase bondit dans ma tête tandis que je la regarde dormir. J'ai quarante-deux ans et je marie ma fille aujourd'hui. J'ai soudain l'impression d'être sortie de mon corps, de flotter au-dessus d'Anna endormie et de moi-même, de regarder tout cela comme on regarde un film, de me dire que cela ne peut pas m'arriver, pas à moi. J'aurais souhaité être sage le jour du mariage de ma fille, par là, je veux dire ne plus avoir peur du lendemain, regarder mon passé et sourire, attendre l'avenir sans angoisse, avoir accompli ce dont j'avais envie, ne pas être envieuse de qui que ce soit, de quelque situation que ce soit, avoir un homme séduisant à mes bras, assez d'assurance pour pouvoir rire aux éclats et faire rire les autres, j'aurais voulu avoir assez de recul sur ma propre vie pour encourager ma fille, mais non, je ne suis pas tout cela, je n'ai pas tout cela.

Quand je sors de sa chambre ce 21 avril, il est sept heures à peine et la vieillesse soudain m'attend à la porte.

2

Il s'appelle Alain. Anna l'a rencontré il y a un an et demi à Barcelone. Elle ne m'a pas donné les détails de leur rencontre, elle ne m'a pas dit si elle avait senti son corps fondre au son de sa voix, s'il l'a fait rire la première fois, s'il l'a séduite avec des gestes simples et tendres, des fleurs ou parce qu'il a joué au voyou.

Anna était à Barcelone pour des vacances chez son amie Nina qui est archiviste dans une photo-thèque à l'ancienne. Nina habitait à côté de chez nous, autrefois. C'était une fille qui aimait venir à la maison, même quand Anna n'était pas là. Déjà, elle aimait fouiller dans les livres, elle avait de quoi faire avec les cartons remplis que je ne peux déballer faute de place. Elle sonnait et quand je lui ouvrais, de sa petite voix, elle me demandait «Madame, est-ce que je peux fouiller dans vos cartons de livres?». Ça me faisait toujours sourire cette phrase et la voix un peu aiguë qu'elle prenait pour me dire cela, comme si elle avait répété cette question, tout au long des deux cents mètres qui séparent nos immeubles. Je disais «oui, bien sûr», et de ses petites mains blanches, elle sortait des livres poussiéreux, s'attardant parfois sur un exemplaire ou deux, soufflait dessus, aérait les pages avec son pouce. Elle les classait selon un ordre qu'elle seule comprenait, par terre, en colonnes, quatre par quatre. À la fin, elle avait construit comme une tour autour d'elle. Elle ne faisait aucun bruit, ne s'interrompait jamais, elle était concentrée, se livrant à un vrai travail, une sorte de construction élaborée, je jetais de temps en temps un coup d'œil sur elle mais je finissais par oublier sa présence. Quand Anna rentrait, Nina remettait tout précautionneusement dans le carton, me disait merci et les deux filles s'enfermaient dans la chambre.

Le père de Nina est italien, il s'appelle Ugo et, quand il s'est séparé de la mère de Nina, il est allé vivre à Barcelone alors qu'il n'y avait jamais mis les pieds avant. Un Italien en Espagne, allez savoir pourquoi mais alors, il y a des choses comme cela. Je suis bien née, moi, dans un pays où on voit la mer partout et où il fait 25 degrés minimum toute l'année... Nina passait ses vacances d'été chez lui, à Barcelone, dans son appartement rempli de chats gris. Un jour, elle m'a confié que son père racontait que les chats n'aiment pas le lait et que c'est nous, les humains, qui en sommes persuadés. «*Ai gatti non piace il latte.*» Je me suis dit qu'il y avait plein de choses comme cela, des choix que nous faisons pour les autres, croyant leur faire plaisir, et par je ne sais quelle construction arrogante de l'esprit, finir par croire être meilleur juge qu'eux-mêmes de leur bonheur. La mère de Nina s'était remariée à un comptable, un grand blond qui ne grossit que du ventre, je le croise régulièrement au tabac, il achète des cigarillos dans ces boîtes en métal brun. Son visage est fin, ses bras secs et noueux, ses doigts me font penser à ceux d'un pianiste et tout à coup, comme une anomalie, une protubérance à la place du ventre. Quand il parle au buraliste, il ne se rend pas compte que son ventre tressaille, en même temps que ses lèvres, comme s'il abritait quelque chose de vivant, là, sous la peau. J'ai oublié son nom, quelque chose de simple pourtant, Jacques, Jean ou Pierre, je ne sais plus.

Il y a deux ans, ses études terminées, Nina a décidé de s'installer à côté de son père. Ma fille en était triste, alors je l'ai encouragée à lui rendre visite. C'est ce qu'elle a fait pendant deux mois, tout l'été d'avant. C'est là donc qu'elle a rencontré Alain, je ne sais pas où exactement, c'est grand Barcelone. J'imagine dans un bistrot, parce que Anna aime bien les cafés des bistrots, elle aime cette mousse brune qui se forme sur la surface, elle y trempe les lèvres comme dans un nectar, avec attention. J'imagine que quand les deux se sont rendu compte qu'ils vivaient à Lyon, ça les a rapprochés, au début ce genre de coïncidences heureuses aide, on se dit que c'est un signe. Je ne sais pas s'ils ont fait l'amour là-bas, ou ici, en rentrant. J'espère que c'était là-bas, en plein été, les fenêtres ouvertes, et qu'ils entendaient le vent battre les draps que les femmes mettent à sécher entre les immeubles. C'est mieux l'amour ailleurs…

De Barcelone, Anna m'envoyait une lettre par semaine. Elle me décrivait la ville, un peu, ce qu'elle faisait avec Nina, trois fois rien. Elle rédigeait des phrases courtes, verbe sujet complément, des phrases de lycéenne. J'avais parfois l'impression qu'elle m'envoyait une rédaction imposée dont le sujet était : « Vous racontez vos vacances à votre mère. »

Un mois après son départ, sa lettre parlait d'Alain. Elle avait commencé par me dire que le père de Nina avait recueilli deux autres chats, qu'elle allait bien, qu'il faisait chaud et qu'elle avait peur d'avoir pris un coup de soleil sur les avant-bras. Puis, au deuxième paragraphe (elle faisait ça, Anna, des paragraphes, comme dans une dictée, à la ligne, un retrait, remplissant la page et ainsi, avec cette lettre faite de phrases espacées et de blancs savamment distillés, elle me donnait l'illusion de me confier beaucoup de choses), elle a écrit « Côté cœur, j'ai rencontré Alain, un Français qui passe aussi ses vacances à Barcelone. Il vit à Lyon, à Saint-Just, tu te rends compte ! Il est là avec des amis et nous a invitées, Nina et moi, à passer un week-end avec eux, à la plage ». Voilà, sa rencontre avec Alain. Elle est partie à la plage avec ce garçon, et la semaine suivante, elle me disait qu'il avait fait des études de droit (sur le moment, je me suis souvenue du sketch de Coluche qui disait : «Les études c'est quatre années de droit et tout le reste de travers», mais je ne l'ai pas dit à Anna, elle n'aime pas plaisanter avec ce genre de choses) et qu'il était huissier. Huissier ! J'ai eu tout de suite l'image d'un homme petit et rachitique qui vient frapper aux portes avec des papiers timbrés et qui dit «Madame, on va vous prendre vos affaires, laissez-nous faire, il n'y aura pas de problème». Je ne sais que trop bien que ceci n'est qu'un malheureux cliché mais c'est ce qui m'est venu à l'esprit en premier. Huissier ! Comment peut-on tomber amoureuse d'un huissier ? Dès que j'ai pensé cela, je l'ai regretté amèrement et je me suis reprise, me faisant la morale à moi-même, essayant de lui trouver des circonstances atténuantes… Il a du courage ce garçon, il se fait insulter par la terre entière, après lui il y a les pervenches et les contrôleurs dans les bus, il en faut quand même des huissiers, oui, oui, ce doit être un garçon courageux. Je me suis répété cela en lisant la lettre d'Anna, essayant d'étouffer cette stupide déception qui m'envahissait le cœur. Je regrette, ma fille, de penser des choses comme cela, sur celui qui va devenir ton mari. Oui, j'espérais que tu tombes sur un garçon qui te fasse rêver, qui t'emporte loin de tes chiffres et de tes rêves de vie bien réglée, qui t'emmène en voyage dans les pays dont on n'arrive même pas à prononcer les noms, un homme qui lise le matin, pas juste le soir histoire de s'endormir, un homme avec une barbe de deux jours qui pique et qui chatouille et qui ferait rire ta mère, aussi. Tu as raison, je suis incorrigible, je suis une mère indigne. Je devrais être contente, je suis contente, je te promets. Aujourd'hui, je te ferai plaisir.

Quand elle est rentrée de Barcelone, elle était amoureuse. Elle semblait avoir une vie désormais tournée sur elle-même, peut-être faisait-elle désormais attention à son cœur, ce cœur dont on ne prend vraiment conscience que lorsqu'on est amoureux. Elle pensait à lui tout le temps, elle souriait dans ses silences, elle semblait entourée d'un halo que je n'osais perturber. Elle était plus douce avec moi, aussi. Elle riait parfois à mes histoires. Je rentrais d'un festival littéraire où, avec un écrivain canadien, on avait bu et fumé plus que de raison et où on avait parlé de tout sauf de livres. À la fin de la soirée, on s'est endormis dehors, sous un grand cerisier japonais en fleur et, au petit matin, on était recouverts de pétales roses, comme des milliers de plumes douces. C'est un serveur qui nous a fait déguerpir de là, en criant sur nous, pensant avoir affaire à deux ivrognes. Anna a ri de cette histoire. Je ne lui ai pas dit que nous sommes rentrés dans la même chambre, le Canadien et moi, bouleversés par ces pétales roses, qui n'auraient existé que dans un rêve où on pouvait recevoir des cadeaux du ciel, que nous avons dormi profondément côte à côte jusqu'à midi, sans ambiguïté aucune et que nous nous sommes réveillés avec une sérénité comme rarement nous en avons eu avec nos amants et maîtresses.

Anna et Alain se sont fiancés dans l'année, il l'a demandée en mariage sur un pont de la Saône, elle ne m'a pas précisé lequel. Elle ne m'a pas dit non plus si elle a eu les larmes aux yeux, si elle a eu ce mélange d'excitation et de peur aussi, s'il y avait du vent ce jour-là et s'ils se sont embrassés tendrement. Elle a dit oui et, le soir, elle m'a montré sa bague, un solitaire avec des petites baguettes incrustées de rubis. J'ai pris sa main dans la mienne, j'ai embrassé ses doigts et j'ai pleuré un peu. J'ai dit que j'étais heureuse pour elle. Elle m'a souri et on a commandé une pizza qu'on a mangée en silence. Je n'ai pas pensé au mariage, en fait je n'ai pas tout de suite compris que l'étape suivante allait être forcément cela : la noce. Anna a allumé deux bougies et nous avons fini nos verres de vin, comme cela, les pieds remontés sur nos chaises, entourées par les lumières tremblantes et l'alcool nous grisant un peu. On parlait de petits riens, on était bien.

J'ai rencontré Alain quelques jours après. Anna l'a invité à la maison pour dîner et elle m'avait dressé une liste de recommandations qui m'ont fait rire, mais pas elle, ma fille prenait ça au sérieux. Ranger le bureau, aérer la maison parce que j'avais déjà recommencé à fumer, mettre la nappe blanche, celle réservée pour les grandes occasions, acheter des fleurs deux jours avant pour donner l'impression qu'on a toujours des fleurs chez soi, pas qu'on les a achetées pour l'occasion — elle dit des choses comme cela, Anna, comme si elle avait fait un stage chez la baronne de Rothschild — mettre une robe, pas le jean et surtout pas le T-shirt «Allez Maurice», un souvenir des jeux des îles que m'a offert il y a des années une amie Mauricienne. C'est mon T-shirt préféré qui fait grincer des dents ma fille qui dit que, dedans, j'ai l'air d'une «vieille-idiote-âge-mental-quatorze».

Alain est arrivé avec des chocolats et des fleurs — pas des fleurs simples et libres enveloppées dans du papier kraft, peut-être avec du raphia autour, qu'on porte comme on porte des enfants, en travers de la poitrine, et dans lesquelles on peut enfouir son visage, non, il est arrivé lesté d'un bouquet élaboré, chic, branché comme on dit. Deux lys dans un vase qui ressemblait à un instrument de laboratoire. Les lys étaient droits comme des I, équilibre magique, plus rien de la fragilité et de la douceur des fleurs, un boa en plumes blanches recouvrait le cou du vase-instrument et dans l'eau flottaient des paillettes blanches. Des jours plus tard, quand les lys se sont fanés et que j'ai essayé de les libérer de cette composition indescriptible, j'ai été saisie d'horreur en découvrant qu'ils étaient traversés par un fil de fer les maintenant jusqu'au pourrissement ultime, droits comme des militaires.

« Quel bouquet magnifique n'est-ce pas maman ? »

a dit Anna. Tant de manières empesées! J'hésitais entre l'envie de mettre ce garçon à la porte ou de rire aux éclats. Je sentais chauffer mes joues mais c'était aussi peut-être à cause du whisky que j'avais avalé avant pour me détendre. Il m'a appelé madame bien que je me sois présentée par mon prénom et que j'aie insisté pour qu'il m'appelle comme cela mais, évidemment, ça n'a pas marché. Il avait mis une veste à carreaux qui lui allait bien et ses cheveux courts laissaient entrevoir une cicatrice sur le haut du front. Je ne sais pas si je l'ai trouvé beau. Je l'ai trouvé poli, voilà le mot. Très poli. J'aurais aimé qu'il renverse une sauce, fasse voltiger un bout de viande, mais non, il était tristement parfait. Fils unique, il a parlé de ses parents, divorcés. Son père, journaliste, écrivait des livres sur l'Afrique et sa mère était femme au foyer. Il parlait comme cela, Alain, il disait «femme au foyer» quand il parlait de sa mère. Je me demande si Anna dit «femme étrange et absente» quand elle parle de moi.

J'ai essayé d'en savoir plus, j'ai posé quelques questions sur le père, quels livres, pourquoi l'Afrique, mais Alain a souri en disant qu'ils n'avaient pas de bons rapports, son père et lui. À ce moment, Anna lui a caressé la nuque avec ses doigts, sa bague lourde a scintillé et ils se sont regardés avec amour. Je me suis tue, j'ai enfoncé le regard dans mon assiette et j'ai regretté qu'au lieu de la tristesse qui a serré mon cœur et du sentiment de n'être pas à ma place qui m'a envahie, il n'y ait pas eu de la tendre joie en moi.

Ils ont décidé de se marier il y a six mois. J'ai avoué à Anna que je trouvais cette décision précipitée mais elle m'a regardée en me disant que, sur ce sujet, elle trouvait qu'il ne fallait pas que je la ramène. Elle ne l'a pas dit comme ça mais, somme toute, quels que soient les mots employés, c'était du pareil au même. Alain avait trouvé du travail à Paris, dans une grosse boîte et Anna ne voulait pas rester loin de lui. «Une grosse boîte» : c'est l'expression qui doit rassurer les parents, moi ça m'a fait frissonner. Je les ai imaginés, enfermés dans une énorme boîte sombre sans issue, entourés de personnes aux dents longues et aux costards gris. Mais pourquoi se marier ? Pourquoi ne pas s'installer ensemble un moment ? Mais Anna, ma solide et forte Anna, avait pris sa décision. Pourquoi écouterait-elle sa mère qui n'a jamais su retenir un homme, qui n'a jamais su se faire épouser ? J'ai essayé de la dissuader, elle n'a que vingt-trois ans, elle court, elle court alors qu'il faut prendre le temps maintenant, regarder, essayer, revenir, repartir, mais Anna voulait l'épouser. Je lui ai parlé de la routine, des menues choses du quotidien qui effritent le plus solide des couples, de l'âge, des changements, des envies différentes, des histoires possibles encore, tant d'histoires qui mourraient dans l'œuf avec ces épousailles rapides mais alors, elle m'a dit «C'est l'amour de ma vie, maman». Elle m'a dit cela avec beaucoup de douceur, comme quand on annonce à un enfant une très mauvaise nouvelle, et devant cette phrase définitive, cette phrase couperet, qu'on ne devrait jamais énoncer ou alors juste devant la mort quand on se souvient de nos amours passées et qu'on en choisit un, rien qu'un pour emmener avec soi de l'autre côté, devant cette phrase que je n'ai moi-même jamais dite, jamais pensée, j'ai cédé.

J'ai revu Alain plusieurs fois, il a continué à m'appeler madame, à me poser des questions polies et policées sur mon quotidien. Il n'a jamais passé la nuit à la maison, c'est Anna qui allait chez lui. Elle m'appelait les soirs où elle découchait pour me rassurer, fille sage et sérieuse, et, derrière elle, je n'entendais que le silence d'un appartement de vieux couple. Quand Anna n'est pas là et que j'ai fini d'écrire, je mets de la musique des années soixante en boucle. Je connais les paroles par cœur, je swingue, je rocke, j'ai l'impression d'avoir quinze ans. Je monte le volume très haut, je grignote des choses qui sont forcément mauvaises pour ma santé et mon estomac se remplit vite. J'aurais aimé qu'Anna soit avec moi, dans ces instants où je laisse mes histoires derrière moi et traîne cette satisfaction étrange d'avoir noirci du papier.

Je ne sais pas grand-chose du mariage, je dois avouer. Au début, j'ai bien essayé de m'impliquer, j'avais des idées moi aussi, comme voir ma fille se marier pieds nus, en rouge, et les cheveux lâchés avec des petites marguerites éparpillées dans ses cheveux qu'elle aurait fait boucler pour l'occasion. Mais ils ont payé une entreprise de *wedding planner*. Ces gens-là s'occupent de tout : du traiteur, de la décoration, des invitations, des fleurs, des couleurs, de la liste de mariage, du coiffeur, de l'esthéticienne, du plan de table aussi, probablement.

Anna n'a eu qu'à trouver sa robe, ses chaussures, parce que, bien sûr, elle ne voulait pas être pieds nus, elle trouvait ça ridicule. C'est le mot qu'elle a utilisé : « ridicule ». Je passe ma vie à chercher les mots justes, les mots qui ne veulent pas dire quelque chose d'autre, qu'on ne pourrait remplacer par un synonyme parce que sinon tous les mots finiraient par dire la même chose, et j'ai parfois l'impression que les mots d'Anna sont les plus forts, les plus acérés, ceux qui me restent en tête, tel un clou planté dans un mur. « Se marier pieds nus est ridicule, maman. » Elle aurait pu dire « non, merci », c'est « démodé » ou « vieux jeu » ou « fleur bleue », voire « hippie », mais non, elle a utilisé le mot « ridicule ».

L'entreprise des organisateurs de mariage s'appelle « Le plus beau jour de votre vie », voilà qui est ridicule, n'est-ce pas ? Ils ont loué un château dans l'Ain, j'ai vu une photo, j'ai dit « c'est bien » pour faire plaisir à Anna. Je n'y ai vu que du gris, du grand, du massif. Je ne sais pas combien tout cela a coûté mais c'est Alain qui a payé. Anna me l'a dit, en chuchotant, quand je la pressais d'accepter une petite contribution financière, puisqu'elle ne voulait pas de mes idées. Je n'ai pas trouvé ça drôle, j'ai eu envie de secouer ma fille, de lui dire de courir vite, vite, le plus loin possible de cet homme qui veut tout payer. Mais elle avait déjà accepté, elle était déjà, tellement, sa femme loyale et fidèle. Déjà elle lui appartenait.

Je me suis lentement désintéressée de ce mariage, rien à la maison ne disait que ce jour-là approchait. Anna partait travailler le matin, rentrait le soir et on mangeait calmement dans la cuisine en buvant un peu de vin. Plus tard, j'allais fumer ma cigarette à la fenêtre. Elle me demandait si mon roman avançait, je haussais les épaules, je fais toujours cela quand on me pose des questions sur l'écriture. Je ne sais pas ce que veut dire avancer dans un roman. Je passe parfois des heures devant mon écran à regarder le petit trait noir clignoter, en attente du prochain mot et dans ces moments-là, si j'écris une phrase, je suis contente. Quelquefois, je me tue à la vitesse, sautant des lettres, parce que ma tête vomit littéralement des mots. Parfois, je n'écris rien, je rêve, j'entends et j'attends patiemment. J'écris en ce moment un roman sur un enfant. Il s'appelle Robin, il a dix ans, ses parents se sont tués dans un accident de voiture, il prend l'avion pour rejoindre son demi-frère en Afrique du Sud, le fils issu du premier mariage de son père, le demi-frère qu'il n'a jamais vu. C'est Robin qui raconte. Il est persuadé d'avoir tué ses parents, puisque ce soir-là, ils l'avaient puni parce qu'il avait mangé du chocolat dans sa chambre et taché son pyjama. L'espace d'une seconde, il a souhaité ses parents morts, tellement ils lui criaient dessus. Ils pouvaient être comme ça, ses parents, le laissant jouer dehors tout seul des heures entières, allumer des feux avec du papier journal dans la cour, derrière, attraper des lézards et leur coller une cigarette dans la bouche pour les regarder exploser, et ensuite faire une histoire sur un malheureux vêtement taché de chocolat... Dans sa tête, ça se mélange un peu, c'est Robin qui raconte l'histoire avec ses mots d'enfant, ses mots de gosse de dix ans, un peu insolent, un peu garnement et quand le policier vient sonner à la porte, il est persuadé que c'est de sa faute, cet accident. Voilà l'histoire que je veux raconter.

Je ne pourrais expliquer pourquoi certains récits ne se concrétisent pas. Parfois, il me semble tout avoir pour commencer un texte, avoir suffisamment attendu, comme on attend qu'un fruit mûrisse, que l'envie nous habite tout entier mais alors, pour je ne sais quelle raison, les mots ne viennent pas. J'ai appris avec les années la patience des mots, le temps de l'écriture et l'apprentissage de ce temps-là. J'ai appris aussi à ne pas vouloir tout contrôler, ce n'est pas une recette de cuisine avec des étapes et des gestes précis. L'histoire de Robin est une de ces nombreuses histoires qui sont dans ma tête depuis longtemps et Dieu sait combien de fois je me suis mise à mon bureau pour l'écrire. Ah, comme j'ai été remplie de dépit, de colère et de découragement! Pourtant, il y a quelques mois, alors que je m'étais à nouveau laissé tenter par Robin, les mots sont tombés, les images sont revenues et le travail a tissé ses mailles. Pourquoi maintenant? N'avais-je pas assez d'innocence et d'insouciance avant pour raconter la culpabilité chez un enfant de dix ans et ses premiers pas forcés dans la barque adulte? Ou est-ce tout simplement parce qu'il n'était pas encore temps?

Ces derniers temps, quand Anna me parle le soir, je l'entends flou. Je n'écoute pas attentivement et elle s'en rend compte. Je m'excuse alors plusieurs fois quand je m'en rends compte, qu'elle a posé une question que je n'ai pas entendue et qu'elle attend la réponse, mais ma fille est habituée à mon absence. Elle dit «ce n'est pas grave, maman» et elle se lève. Je sais qu'elle souffre quand je suis comme cela, évanescente et translucide, me comportant comme si ma vie était ailleurs, dans mes livres et pas ici, maintenant.

Quand elle avait douze ans, Anna a mis le feu à un manuscrit que je n'avais pas encore rendu. Ce n'était pas un accident, elle l'a fait méthodiquement. Elle a placé le manuscrit dans l'évier et elle y a mis le feu avec des grandes allumettes de cheminée. Elle a laissé brûler un moment jusqu'à ce que le manuscrit soit à moitié consumé et ensuite, elle a ouvert l'eau. Quand je suis rentrée elle m'a dit tout simplement « j'ai brûlé ton livre ». J'ai senti mon sang se glacer et mon cœur remonter à la gorge. J'ai serré les poings, un cri, un cri de colère et de détresse, voilà ce que j'allais hurler. Mais Anna restait là, les mains dans le dos, attendant sa punition, presque, les yeux ouverts, brave, courageuse, téméraire. J'ai eu tellement de peine pour elle, tout à coup, elle si sage d'habitude, amenée à détruire quelque chose qu'elle sait m'être cher. J'étais si impuissante et coupable face à son angoisse d'être supplantée par mes livres. Je l'ai prise dans mes bras et je l'ai serrée très fort contre moi. J'ai fait plus attention après, essayant d'être là quand elle rentrait de l'école, de passer du temps avec elle, de faire des activités le week-end, mais je crois que ma compagnie l'a lassée. Je nous avais inscrites à un cours de danse moderne mais Anna traînait les pieds pour y aller, s'ennuyant visiblement dans ces salles recouvertes de miroirs où les femmes veulent se donner l'illusion d'une séduction encore possible. Elle était si soulagée qu'on n'y aille plus et ne s'est plus plainte du temps que je consacrais aux livres. Mais cela ne veut pas dire qu'elle m'ait pardonné.

Elle avait lu mon premier roman, *L'Inutile*, que j'ai écrit quand elle était encore dans mon ventre. Ce texte racontait le voyage en train de deux vieux qui avaient décidé, après cinquante ans de vie commune, de divorcer. Comme ça, sans raison précise. Ils ne se disputaient pas, ils n'avaient pas d'enfants, ils n'avaient fait que travailler toute leur vie. Ils étaient deux petits vieux minés par l'arthrose, raides et un peu sourds, mais l'idée de se séparer leur ouvrait comme une nouvelle vie. Anna l'avait lu quand elle était adolescente et elle n'a plus rien lu de moi depuis. Elle m'a dit qu'elle avait trouvé ça triste, ces vieux qui se séparent pour rien et qu'elle pensait que vieillir ensemble, c'est ce qu'il y avait de plus magnifique dans la vie.

Le matin de son mariage, alors qu'elle dort encore et que je me fraie un passage entre les paquets qui sont arrivés depuis quelques jours — des cadeaux offerts par des irréductibles qui ne veulent pas respecter une liste de mariage —, je pense à cette phrase qu'elle m'a dite quand elle avait quinze ans. « Vieillir ensemble, c'est ce qu'il y a de plus magnifique dans la vie. » Je me dis que c'est ce que je vais lui souhaiter aujourd'hui, bien que ça m'arrache le cœur et que je pense que ce qui rend la vie magnifique, c'est avoir le courage de se quitter quand on est vieux. Je vais lui dire ça à Anna : que je lui souhaite de vieillir avec son huissier de mari, Alain. Et comme pour mon personnage, Robin, j'ai soudain peur que cette pensée se réalise et qu'un policier frappe à ma porte et m'accuse d'avoir souhaité que ces deux-là restent ensemble pour l'éternité, enchaînés dans la vie et la mort.

3

J'ai essayé toutes les cafetières possibles et imaginables pour faire plaisir à ma fille. Les italiennes, les turques, les traditionnelles, celles qui font beaucoup de bruit comme dans les bistrots, celles qui sont informatisées, programmables des jours à l'avance... Mais jamais je n'ai réussi la mousse brune qu'Anna aime tant. Je me demande si ce n'est pas cela qu'elle aime le plus dans le café, cette peau mate et brumeuse. Alain lui a offert pour ses vingt-trois ans une cafetière à tête d'extraterrestre où il suffit de mettre une sorte de petite capsule sous le chapeau, d'actionner la manette, et hop, apparaît dans votre tasse un café magnifique et mousseux. Anna en était ravie. À chaque heure du jour et de la nuit, j'entendais ce chuintement et la maison se remplissait de l'odeur du café. J'aime bien l'odeur du café même si je n'en bois jamais. Il y a beaucoup de choses comme cela que j'aime sentir, avoir autour de moi sans jamais y goûter, sans jamais y mettre la main. Le rhum, le cigare, l'essence, la peinture, un homme en sueur dans le bus, le parfum un peu fétide de la Saône les jours d'été. Quand j'étais encore chez moi, là-bas, de l'autre côté de l'Afrique, j'aimais l'odeur douce-amère du jaquier, coller mon nez contre le tronc râpeux, inspirer, inspirer encore jusqu'à ce que j'aie l'impression que l'arbre n'avait plus d'odeur et que j'avais tout avalé. J'aimais l'aigreur du rhum sur les femmes dans les marchés, les rouges à lèvres rances de ma vieille tante, l'odeur de la poudre à visage anglaise de ma mère, la savonnette qui sentait la pomme, la gomme élastique à rayures qui sentait l'orange, que je grignotais et recrachais en pluie. Depuis, l'orange me fait toujours penser à l'école, aux matins froids sur les hauts plateaux où habitaient mes parents, au sac à dos lourd rempli de livres et de cahiers qui me laissait des marques sur l'épaule. L'orange me fait penser à mon enfance si lointaine, presque irréelle. L'orange me fait penser à cette grande cour asphaltée, ces murs noircis par la pluie, cette façon que nous avions de courir en rond dans cette cour d'école sans balançoire, sans aire de jeux. Ces cris que nous poussions dès que la cloche sonnait pour la pause et que nous taisions dès qu'elle re-sonnait pour la reprise. À nos estomacs qui criaient la faim et la soif à heure fixe, à nos estomacs de petits pavloviens. Nous nous mettions en rang dans la cour de l'école, à dix heures. Nous buvions du lait contenu dans des fûts en aluminium et qu'on nous servait à la louche.

Un lait aqueux et fade. Nous recevions chacun, petits écoliers du tiers-monde que nous étions et par la grâce d'une organisation internationale, des poires séchées, dures comme du pain rassis et noires comme le granit, qui finissaient par avoir raison de nos dents de lait. Des protéines et des vitamines, nous disait l'instituteur. Nous étions en rang, le verre de lait dans une main, la poire dans l'autre, la moustache blanche au-dessus des lèvres, mastiquant à grand-peine. Nous pensions que tous les enfants du monde étaient comme nous, sages, si sages dans nos uniformes, mangeant et buvant avec cérémonie et reconnaissance un lait qui nous donnait envie de vomir et un fruit sec qui écorchait le palais et cassait les dents. Nous pensions que tous les enfants étaient comme nous, sans révolte, venus au monde pour apprendre par cœur ce qui était dans les livres et pour réussir aux examens.

Voilà, Anna se réveille, je l'entends. Je me redresse automatiquement, comme si j'avais un vieux fond d'angoisse devant elle, une crainte qu'elle me voie telle que je suis, un peu paresseuse, un peu mélancolique, un peu toquée. Elle reste un moment dans sa chambre, en silence et je sais qu'elle regarde sa robe. Peut-être qu'elle la caresse du bout des doigts, contente qu'elle soit là, soulagée qu'elle n'ait pas rêvé… Puis, elle bâille en faisant «haaaa», et ça me fait glousser. Quand elle arrive dans la cuisine, elle me voit sourire et il y a un je-ne-sais-quoi dans son visage que je n'avais jamais vu avant.

Une tendresse, une indulgence à mon égard, comme quand on regarde des vieux qui ne marchent pas très vite mais qui font des efforts pour ne pas vous barrer la route. Je lui dis que j'aurais bien voulu faire son café mais qu'elle a déjà emballé l'appareil E.T., j'appelle sa nouvelle cafetière comme ça, et elle dit « c'est pas grave maman, je prendrai une tasse de thé aujourd'hui ». Elle s'assoit sur le tabouret, les coudes appuyés sur le meuble de cuisine, ses cheveux lui font un petit visage d'enfant et j'ai l'impression de me revoir à vingt ans. Alors, je me retourne et je lui fais le grand jeu.

La théière en terre cuite du Japon, lourde et noire, lisse comme un galet poli par des années de vagues, de l'eau minérale frémie, pas bouillie. Du thé de Noël Mariage Frères, mélange de thé noir, d'écorces d'oranges, d'un peu de cannelle et d'un soupçon de rose. J'ébouillante la théière un peu. Puis, sur deux cuillères de thé, je verse l'eau frémissante. Je sors les deux tasses en porcelaine bleue avec des anses fines et fragiles, des tasses que je tiens de Matthew, le père d'Anna, mais ça je ne lui ai jamais dit.

— Tu ne les avais jamais utilisées avant ces tasses, maman.

— Non. Elles sont si fragiles. J'ai peur de les casser. Mais aujourd'hui, c'est autre chose.

— Elles sont belles. Tu les as achetées où ?

— À Notting Hill, il y a vingt-trois ans, dans un magasin que tenait un Anglais qui parlait français.

Il avait plein de vieilleries, tu sais des dentelles, des ceintures, des bijoux sales, des photos sépia où l'on ne distinguait rien et puis, sur la table qu'il avait installée dehors, entre deux brocs, il y avait ces tasses-là, il y en avait trois en fait.

— Tu n'en as pris que deux, alors ?

— Non, la personne avec moi a pris l'autre.

— C'était qui ?

À ce moment je décide qu'il est temps de servir le thé, je pose la tasse avec attention devant ma fille, je lui verse précautionneusement le liquide chaud, c'est d'une belle couleur brun orangé, c'est très important la couleur du thé. Anna me regarde faire, elle a oublié sa question. Pas moi, c'est pour cela que je tremble un peu. Je me sers aussi. Ensuite, je glisse mon index dans l'anse comme autrefois je glissais mon doigt dans le passant du pantalon de Matthew, je présente la tasse à ma fille, je dis « À la tienne, que vous puissiez vieillir ensemble, Alain et toi ». Les yeux d'Anna s'embuent, elle tremble un peu, peut-être à cause de la petitesse de l'espace entre l'anse et la tasse, peut-être à cause de l'émotion ; elle soulève l'autre main pour mieux soutenir la tasse, elle dit « À la tienne maman, merci », et nous buvons tranquillement le thé dans les tasses d'un passé anglais.

Quand j'avais dix-huit ans, j'ai passé neuf mois à Londres, à travailler comme serveuse dans un bar gay. Je voulais prendre du temps loin de mes études à Paris. J'avais le désir des autres, à ce moment-là, je n'avais pas peur de grand-chose. Je me réveillais chaque matin avec un sentiment d'attente, un frémissement dans le cœur, comme s'il allait se passer quelque chose, le bonheur peut-être. J'avais du courage, de l'envie et j'étais persuadée que chaque jour allait apporter son lot de surprises, bonnes forcément bonnes. La jeunesse n'est pas une excuse suffisante pour avoir tant d'illusions, tant d'attente, ce sentiment orgueilleux que tout est acquis et que l'injustice ou le malheur ne sauraient être justifiés.

Dans le bar, les gens concentraient leur vie entre deux ou trois verres, soufflaient un peu dans cette vie de mensonges qu'ils menaient. Ici, ils ne devaient plus faire semblant d'être hétérosexuels, *straight* comme disent les Anglais, «droits», bien droits dans leur existence. Ce n'était pas encore le Soho d'aujourd'hui, les hommes n'osaient pas se prendre la main en public, on parlait à peine du sida. J'avais fait ça pour être avec Virginia, ma copine anglaise que j'avais rencontrée à la Sorbonne. Son frère était gay, il est mort du sida il y a trois ans. Jamie était peut-être l'un des plus beaux garçons que j'aie vus de ma vie. Hommes et femmes le regardaient avec le même étonnement, le même ravissement et souvent le même désir. Ce n'était pas tant la finesse de ses traits qui le rendait si beau mais leur mariage. Des lèvres charnues, un nez droit, coupé au couteau, sévère presque, des pommettes, oui des satanées pommettes hautes qui s'arrondissaient quand il souriait, des sourcils bien dessinés, des cils longs, des yeux gris-vert et surtout des paupières lourdes, de celles qui couvrent des yeux rougis, fatigués, en manque de sommeil. Mais chez lui, c'est ce qui faisait la différence, qui donnait cette sorte d'inaccessibilité que confèrent la beauté et le mystère. Des paupières de vieux sur ce visage de dieu grec. Quand j'ai appris sa mort, je me suis demandé ce que l'âge, l'alcool, la drogue et surtout la maladie avaient fait à ce visage. Lui ont-ils laissé au moins un peu de son étincelle d'avant ou lui ont-ils tout bouffé, aspiré ?

Virginia, elle, vit aujourd'hui dans le Yorkshire avec des chiens, un mari amateur de chasse à courre et trois enfants blonds et roses comme des petits cochons. Elle était la fille la plus déjantée que je connaisse, pourtant. Chaque mois, elle allait chez un de ces coiffeurs fous des quartiers populaires de Londres, coiffeurs artistes me corrigeait-elle, et elle ressortait les cheveux couleur arc-en-ciel et en pétard. Elle ne refusait jamais un joint et, de temps en temps, je crois, goûtait à la coke. Moi, je me contentais de servir, de regarder les hommes s'embrasser et se frotter, et de me sentir tranquille et protégée dans ce monde-là, où je n'existais pas en tant que femme. Je pouvais rêver à ma guise, écrire sans que personne ne me demande quoi que ce soit. J'étais libre, oui, je crois que c'était ce sentiment-là que j'avais tous les matins en me réveillant.

Je me levais vers neuf heures, j'écrivais au moins cinq cents mots, c'était le seul fil rouge de mes journées, la seule chose que je m'étais imposée pendant ces mois à Londres. Ensuite, je faisais ce que je voulais. Me promener, aller au cinéma, lire sur un banc dans un jardin, prendre les bus au hasard, je faisais vraiment ce que je voulais.

Dans une librairie derrière le British Museum, j'ai rencontré Matthew. Il cherchait quelque chose sur l'Afrique, répétait-il au libraire qui l'a envoyé balader. Il est passé devant moi, je souriais, il m'a dit en anglais que certains libraires devraient plutôt être de l'autre côté, en me montrant le musée. J'ai souri encore. Il est allé vers la porte, puis s'est retourné et m'a invitée à boire un irish coffee, c'est ce qu'il m'a dit le premier jour : « *Would you fancy an irish coffee?* » Je n'ai même pas trouvé ça bizarre, du café avec un doigt de whisky au premier rendez-vous, Anna sait-elle ce que c'est un irish coffee ?

Nous nous sommes installés dans un pub derrière Piccadilly et je me souviens des aiguilles qui me sont rentrées dans la tête quand j'ai aspiré trop fort la première gorgée d'irish coffee. Nous sommes restés là, à parler, à rire jusqu'à ce que ce soit l'heure pour moi d'aller travailler. Matthew m'a demandé si les hétérosexuels étaient admis et il est resté toute la soirée collé au bar, refusant les avances avec tact.

Matthew disait parfois : « *I'm with the lady* », ce qui me faisait bêtement penser à la phrase de JFK : « *I'm the man with Jacky.* »

Il est venu tous les soirs pendant trois semaines,

on parlait fort à cause de la musique, on ne se comprenait pas toujours et on riait de cela, parler fort, ne pas se comprendre, être dans un endroit d'amour clandestin et pourtant, ne pas vouloir changer quoi que ce soit. Nous nous sommes embrassés la première fois pendant la chanson *Those Were the Days*, comme ça, nos corps penchés sur le bar, nos visages seulement se touchant. Le soir, nous sommes rentrés chez lui et nous avons fait l'amour en écoutant Nina Simone. Matthew était étudiant en journalisme et il voulait partir en Afrique. C'était son but, partir là où tout a commencé, me disait-il. Je lui ai dit que j'écrivais, un peu. Il s'est relevé sur son coude, il avait des étoiles dans les yeux et m'a dit qu'il savait que je n'étais pas une fille ordinaire. « *Not a common girl.* » Jamais je n'avais entendu un si beau compliment. Je suis restée chez lui, après. Le matin, il partait aux cours, j'écrivais sur un grand cahier d'écolier jusqu'à quatorze heures, ensuite je me promenais ou je lisais. Shakespeare, Woolf, Dickens, Brontë. Que des Anglais, alors que j'écrivais en français. Cela ne me gênait pas, au contraire. Ni l'une ni l'autre n'était ma langue maternelle, ni l'une ni l'autre ne se faisaient concurrence, j'avais toujours écrit en français, mon imaginaire est dans cette langue-là, ce n'est pas une question de choix. Vers cinq heures j'allais au bar et, à vingt heures, Matthew m'y rejoignait. On rentrait à une heure du matin, son bras sur mon épaule, mon index dans un passant de son pantalon. Je me réveillais toujours avec un frémissement au cœur, me sentant alerte avant même que mes yeux ne s'ouvrent mais je n'avais plus cette tranquillité, cette douce et terrible tranquillité qui m'entourait avant. Les journées passaient vite, je sentais de plus en plus cette accélération du temps et je n'y pouvais rien.

Plus de vingt ans après, je me souviens de son corps pâle et de ces centaines de grains de beauté qui le couvraient. Sur le dos, on aurait dit une constellation. Je passais des heures à suivre un tracé d'étoiles, parce que, bien sûr, c'était des étoiles sur sa peau, à caresser les grains plus charnus, à embrasser ceux que je découvrais, que je redécouvrais. Il me laissait faire, patiemment, il s'endormait sous mes doigts. Parfois, quand on marchait côte à côte, je me disais que j'étais la seule à savoir qu'il avait le corps couvert d'étoiles et ça me remplissait d'une fierté sans pareille.

Matthew comprenait très peu le français mais il m'écoutait lire mes textes à haute voix. Il se mettait à terre, dos au mur, les bras croisés, les pieds étendus et il écoutait. Parfois, pour je ne sais quelle raison, il semblait ému, il me disait que la musique des mots était triste, alors il venait jusqu'à moi, posait sa tête sur mes genoux et on se disait les mots les plus importants de la terre. Nous nous aimions de la façon la plus vraie et la plus dépouillée possible.

J'ai un moment pensé que je pouvais passer ma vie, ici, dans son appartement quasiment vide.

Que je ne serais pas fatiguée par le garage juste en bas, ni par le métro qui passait et faisait trembler le sol, que mon pays ne me manquerait pas, que jamais les nuages gris et la pluie de Londres ne me feraient déprimer. Mais je n'ai pas eu beaucoup de temps pour penser à cela, pour me lover dans cet hypothétique bonheur et me le repasser encore et encore.

Matthew a gagné un concours pour jeunes journalistes organisé par un magazine de grands reportages et, enfin, il partait pour l'Afrique. Comme le temps qui s'écoulait de plus en plus vite, nous n'y pouvions rien.

Nous sommes allés à Notting Hill un dimanche, et c'est là qu'il a acheté les trois tasses. Il partait le lendemain pour le Mali. «Ba-ma-ko», disait-il à l'infini, sur tous les tons, avec toutes les inflexions, comme s'il goûtait à quelque chose d'infiniment bon. Je n'étais pas triste. Comment et pourquoi l'aurais-je été quand celui que j'aimais allait enfin vivre ce qu'il souhaitait par-dessus tout? Nous sommes rentrés tranquillement, avec les trois tasses dans mon sac en toile, son bras sur mon épaule, mon doigt dans un passant de son pantalon, comme si de rien n'était, comme si demain était un jour comme un autre, que nous allions reprendre notre délicieuse routine. À l'appartement, nous avons fait l'amour doucement sans parler. Et après, j'ai longtemps parcouru son corps parsemé d'étoiles en me disant que s'il fallait que je me souvienne de quelque chose, ce serait ça, ces milliers de grains de beauté qui lui faisaient comme une seconde peau céleste.

Si je ferme les yeux aujourd'hui, plus de vingt ans après, je revois son dos tourné et tous ces points bruns, noirs, parfois couleur rouille. Je me souviens du plus gros, sous l'omoplate gauche et d'un autre, plus ou moins rouge selon les jours, sur la fesse droite. Je me souviens de la traînée de petits points comme des petits animaux tout ronds qui se couraient après, un peu à droite sous l'épaule. Je me souviens de ma main jeune, brune, de mes doigts sur ce dos merveilleux. Le lendemain, on a bu du thé dans nos tasses de porcelaine fine, on s'est promis de vivre. Nina Simone chantait *My Way*.

« *And now, the end is near, so I face the final curtain.* »

— Tu vas continuer à écrire, hein ? Tu essaieras de te faire publier pour qu'un jour je puisse retrouver ta trace…

— Oui.

On ne s'est pas promis de se revoir, de s'écrire, de s'appeler, de se tenir au courant ou ce genre de choses d'où naissent immanquablement le regret et la frustration. Il a gardé une tasse, et voilà. La dernière image que j'ai de lui, c'est celle d'un jeune homme aux yeux tristes me disant au revoir de la fenêtre. Moi qui aimais tant Londres, moi qui aimais tant cette ville où sur le même trottoir pouvaient marcher un punk, une bourgeoise rousse en tailleur, un businessman, une femme indienne en sari et un Écossais en kilt, moi qui m'émerveillais quotidiennement du vent, de l'herbe, du bleu unique du ciel les jours où il faisait beau, je n'ai pu rester. Je n'ai pas beaucoup pleuré pourtant. Mais je savais que j'avais vécu le début de quelque chose que bien des hommes et des femmes passent leur vie à chercher. Parfois, maintenant, je me dis qu'il aurait été préférable de ne pas l'avoir vécu du tout, ainsi je n'aurais pas cherché cela, cette quiétude, cette sérénité, cette douceur mêlée à de la passion, chaque fois que je rencontre un homme. C'est comme si on m'avait donné à goûter le fruit le plus délicieux du monde mais que je n'avais eu droit qu'à une bouchée.

Je suis rentrée en France, à Paris, dans la chambre minuscule sous les toits et c'est là, au début de l'été, que j'ai compris que j'étais enceinte. Jamais je n'ai pensé avorter. Jamais je n'ai eu l'idée de retrouver Matthew et de lui dire. Mes parents étaient malheureux, fâchés, ils m'ont parlé des heures et des heures, essayant de me ramener à la raison, me dessinant des avenirs sombres de mère célibataire, mais je n'ai écouté personne. Anna est née en février, en plein hiver. Je me souviens de la première fois que je l'ai tenue dans mes bras. J'ai regardé son corps tout entier, j'ai vu la tache de naissance qui a levé en moi une sorte de vague d'amour ; c'est cela peut-être l'instinct maternel, comme on dit. J'ai pensé à Matthew si fort qu'à un moment donné, j'ai cru qu'il était là, j'ai senti son parfum, je savais que ce n'était pas possible, ça devait être la fatigue qui me faisait croire à ce genre de choses, mais il n'empêche que je ne me suis pas sentie seule quand j'ai tenu Anna dans mes bras pour la première fois.

J'avais à peine vingt ans quand ma fille est née. Aujourd'hui lorsque j'y repense, je ressens une peur rétroactive qui me coupe le souffle. Pendant la première année surtout, j'ai regretté d'avoir mené à terme cette grossesse. On dit toujours que les mères savent, mais moi je ne savais pas. J'ai souvent pleuré avec elle parce que je ne savais pas quoi faire, comment faire, j'ai souvent été seule à crever, j'ai été fatiguée jusqu'à m'endormir assise, Anna dans mes bras, mon sein dans sa bouche. Est-ce que j'en faisais trop ou pas assez ? Est-ce que les gestes quotidiens qui remplissaient à craquer chaque journée, la nourrir, la changer, la laver…, est-ce que tout cela était suffisant pour qu'elle sache que je l'aimais. Ne fallait-il pas autre chose ?

Aujourd'hui, quand je lis les articles sur le baby blues, cette dépression postnatale, je suis de tout cœur avec ces femmes-là, ayant bien connu ce désarroi face à un bébé. Ce trou qui semble vous aspirer à la nuit tombée, quand le silence se fait, que votre bébé s'est endormi enfin. Ce corps qui n'est plus le vôtre, que vous lavez sans plus rien ressentir, cet engourdissement permanent, cette façon de se couper de tout, de ne plus s'intéresser à rien, à rien d'autre qu'à son enfant et lui en vouloir un peu pour cela.

Mais alors, toutes ces déceptions, ces pleurs, ce découragement permanent qui m'a collé à la peau, tout cela s'envolait quand Anna me souriait. Alors, et alors seulement, ce cirque de bruits et de gestes prenait un sens.

J'ai arrêté mes études mais j'ai trouvé du travail très vite comme correctrice dans un magazine féminin. *Au féminin* sortait les jeudis, nous étions dans les années quatre-vingt, c'était Paris, il faisait presque bon être une femme. Les autres filles du journal étaient sympathiques, la rédactrice en chef m'aimait bien, une mère célibataire dans un magazine féminin, ça faisait mode militante. J'ai mis Anna à la crèche dès ses trois mois, j'ai fait une demande de nationalité française que j'ai obtenue sans peine et, un jour de décembre 1982, trois jours avant Noël, alors que ma fille dormait dans mes bras et que je me demandais si, à son âge, Noël avait de l'importance, le téléphone a sonné et un homme a dit « Bonjour madame, je suis Yves Laurent des Éditions Laurent, je voudrais parler à Sonia ». Mon cœur s'est emballé et ça a réveillé Anna qui dormait tout contre mon sein gauche. J'avais envoyé un manuscrit, signé de mon prénom uniquement et suivi de mon numéro de téléphone. J'avais passé des heures sur cette première page de présentation, faisant brouillon sur brouillon et, finalement, sur une page blanche, j'ai inscrit le titre : *L'Inutile*. J'ai cru bon de mettre roman en dessous, puis mon prénom et mon numéro de téléphone. Ça faisait numéro de prisonnier cette présentation, le prénom et le numéro, à la suite. Yves Laurent avait une voix d'acteur, grave et profonde, le ton tranquille, assuré. J'ai signé deux jours après. Je me souviens du nuage cotonneux et doux qui m'a entourée tout entière pendant plusieurs semaines. La crainte que tout cela ne fût qu'un rêve et la joie éternellement recommencée de se rendre compte que non, c'était vrai, mon roman avait été lu, apprécié, bientôt il serait en librairie.

Yves est toujours mon éditeur. Il a soixante-cinq ans maintenant et il sera tout à l'heure au mariage d'Anna. Parmi mes amis, c'est une des rares personnes qu'Anna affectionne. Elle est bien avec lui, ils ont un jeu très au point où ils se moquent l'un de l'autre gentiment. Anna l'appelle Rastapopoulos, je n'ai jamais su pourquoi, je ne vois pas ce qu'il a en commun avec ce voyou laid et grossier dans les albums de *Tintin* mais ça fait rire Yves qui, en retour, l'appelle la Castafiore. Là non plus, je ne sais pas pourquoi. Ils ont commencé à s'appeler par ces noms-là, à la fin d'un séjour d'Anna chez Yves et sa femme, Caroline, en Bretagne. Peut-être lui lisaient-ils *Tintin*, eux qui n'avaient pas d'enfants, pour qu'elle s'endorme ? Ces sobriquets font partie de leur complicité. Ils ont une intimité et une histoire commune qui ne m'inclut pas et c'est tant mieux.

C'est Yves qui la conduit à l'autel, cet après-midi. Elle le lui a demandé par lettre il y a quatre mois. Ça m'a rendue triste et contente à la fois, j'espérais qu'elle me le demanderait à moi, ça s'est déjà vu des mères qui donnent leur fille, mais Anna aurait peut-être trouvé cela aussi « ridicule ». J'ai pensé à Matthew et je me suis demandé où il serait quand un étranger donnerait le bras à sa fille en blanc mais ça n'a aucune importance, après tout. Yves, c'est tout aussi bien.

Anna boit son thé lentement, je me demande comment elle peut être aussi sereine le jour de son mariage, tranquille malgré le poids de ce jour, l'engagement, l'attente de cette vie en commun, les enfants peut-être, mon nom qu'elle a rayé et le nouveau qu'elle portera, Anna Beauvrieu. Elle m'a dit très solennellement que c'était une preuve d'amour que de prendre le nom de son mari. Depuis quelque temps, on dirait que c'est elle la mère, qu'elle m'enseigne et me transmet une certaine idée de la famille, des valeurs traditionnelles et immuables… Comme si elle avait gagné un nouveau statut, celui de femme mariée, et par là même, elle devenait supérieure à moi. Je suis parfois à deux doigts de lui dire que l'on passe sa vie à chercher la liberté et qu'on n'a de cesse, comme elle avec ce mariage, de s'enfermer. Qu'elle se trompe si elle croit qu'une alliance au doigt la rendra plus sage, plus intelligente, plus constante. Mais j'ai appris que l'expérience des autres n'a jamais servi à rien. D'ailleurs, on se demande bien si on apprend de sa propre expérience.

On entend les gens dire des banalités, avoir de l'espoir ridicule, on sait qu'ils vont se casser la gueule sur la routine, que la vie à deux ce n'est pas cela, que les preuves d'amour c'est dans le quotidien, pas dans un nom qu'on porte, que l'amour c'est continuer à pardonner. On les voit passer des heures à chercher une robe, une frise, une dentelle, envoyer des cartes pastel avec des fleurs en relief, dépenser de l'argent pour un gâteau à quatre étages et un château froid, quand on voit cela, on la ferme et on sourit. Alors quand ma fille me fait sa leçon sur la vie, je la ferme et je souris.

4

La journée d'aujourd'hui est réglée comme une montre d'athlète, avec chronomètre, tensiomètre, baromètre. Avant-hier, Anna m'a donné mon programme de la journée. Elle me connaît bien, elle sait que, dans les heures creuses, mon corps et mon esprit se vident et se remplissent de gens dont je voudrais écrire l'histoire, que je m'embarquerai et que je me perdrai dans les fils emmêlés des vies imaginaires. Elle a peur que j'oublie un instant que c'est son jour, aujourd'hui, son histoire qu'elle va dérouler comme un tapis de velours et qu'il ne faudrait pas qu'il y ait un pli, il ne faudrait pas que quelqu'un trébuche, il ne faudrait pas faire des tergiversations, des parenthèses, des ellipses et des blancs, toutes ces choses dont ma vie est faite et remplie et que j'écris. Elle me demande de me concentrer sur elle aujourd'hui et c'est ce que je vais faire. Sans rechigner, sans me plaindre, en évitant soigneusement mon ordinateur, le manuscrit que je corrige, les lettres que je dois écrire et les pensées qui se baladent autour de moi.

À dix heures, j'ai rendez-vous chez le coiffeur, comme elle. Dix heures pile, a-t-elle écrit sur le programme. Un taxi à neuf et demie, on sera en avance mais tout cela c'est pour le tapis de velours sans pli. À onze heures et demie, une voiture (conduite par Éric, un ami d'Alain, qui lui aussi a tout programmé) viendra nous chercher pour nous emmener dans l'Ain, vers le château. On récupérera Yves en chemin, il ne faut pas que j'oublie mes vêtements, mon sac, mes petites affaires. Nous déjeunerons à treize heures dans un restaurant à Artemare, tous les trois, Anna, Yves et moi. À seize heures, il y aura le mariage civil, une simple formalité m'a dit Anna, à dix-sept heures trente la cérémonie religieuse dans la cour du château et, après, la soirée. Je dors au château et le lendemain, je rentrerai à onze heures pile chez moi, seule désormais et je pourrai reprendre ma vie de détails et de silence. Voilà mon programme.

Anna et Alain partent demain soir pour Venise, comme des milliers de couples avant eux, ça me fait penser à ces mariages groupés en Corée, des petites souris blanches et noires sur une esplanade. Si j'étais eux, je partirais à Tombouctou mais je ne suis pas à leur place, je ne sais pas ce que c'est le mariage, la lune de miel qui dure une longue semaine, hors du temps et de la réalité.

Je suis en train de laver les tasses bleues avec

précaution. J'ai peur de casser la fine porcelaine rien qu'en la frottant un peu, je fais attention à ce que l'eau reste toujours tiède, un choc thermique pourrait la fêler. En faisant cela, j'ai l'impression que Matthew me revient, que les vingt-trois ans sans lui n'ont été que vingt-trois heures et, pour la première fois, je me demande si je n'ai pas eu tort de ne pas l'avoir cherché, de ne pas avoir insisté un peu pour qu'il reste auprès de moi, peut-être si j'avais pleuré, crié, hurlé mon amour, serait-il resté ? Pour la première fois, je me dis qu'il est peut-être mort, depuis longtemps enterré, oublié et que moi pendant ce temps, je continue, sans pressentiment, sans tristesse, ma fille orpheline de père, moi orpheline de mon seul amour. Je tremble un peu, je suis à deux doigts de casser les tasses en les serrant trop, alors, je les rince vite, les essuie et les replace dans le placard au-dessus de ma tête. Ce geste me calme, me rassure, comme si c'était la preuve que Matthew quelque part était encore vivant. Aurais-je eu la certitude qu'il n'est plus de ce monde si les tasses s'étaient brisées ? Avec l'âge, je deviens superstitieuse. Je m'accroche, je me rassure des hasards, je me fabrique des gris-gris avec les heures qui passent, des porte-bonheur avec les matins bleus et je me dis que l'orage viendra laver les regrets.

Anna est dans sa chambre, elle m'appelle, elle me demande de l'aider à mettre sa robe dans la housse et ça me rappelle que j'ai un paquet pour elle. Je vais chercher la boîte que j'ai emballée de rouge et la lui tends. Je lui dis : « *Something old, something new, something borrowed and something blue.* » Quand je lui parle anglais, elle sait que c'est important, c'est un pacte jamais formulé, une de ces choses que l'on sait quand on vit avec une personne pendant longtemps. Anna s'assied sur son lit à côté de la robe qu'elle a décrochée de son cintre, il y a un beau pli qui se forme là où la jupe rejoint le sol, tout à l'heure peut-être que ça fera une marque et agacera Anna mais pour l'instant elle tient la boîte dans ses mains un moment. Elle me remercie doucement, dans un souffle. Elle ouvre le paquet avec soin, cherchant de son ongle le scotch qu'elle pourra décoller avec attention. D'abord, elle voit le vieux mouchoir de mousseline à peine jauni par les années. Je lui dis que je tiens ça de ma mère, elle dit « grand-mère l'ogresse ? ».

Ma mère est morte quand Anna avait cinq ans et elle ne l'a jamais rencontrée. Quand ma fille avait dix ans, je lui ai offert un album de photos à demi rempli où il y avait les photos de ma famille et en dessous d'une photo de ma mère jeune, les yeux fuyants comme moi, n'osant regarder l'appareil, Anna avait écrit « grand-mère l'ogresse ». Nous lisions des contes à cette époque-là, à voix haute, je faisais toujours le monstre, le loup, le dragon, l'ogre et l'ogresse, la méchante belle-mère. Ça m'avait fait sourire parce que je pense qu'Anna et ma maman se seraient bien entendues. Elles ont toutes les deux cette sorte de solidité, de droiture ;

ma mère aimait que les choses soient bien faites, selon les règles, Anna aussi. Ma mère était une femme courageuse, avec des rêves qu'elle n'a pas su concrétiser et deux enfants ingrats.

Anna sort ensuite le bracelet, je lui dis « Ça s'appelle reviens » et elle a un rire de petite fille. Elle glisse le jonc jaune blé autour de son poignet et le laisse reposer un instant, contre sa peau mate et douce et j'ai envie de serrer son poignet, là, juste à cet endroit où le bracelet que j'ai porté toute ma vie prend son empreinte. Ensuite, elle trouve la petite culotte et souffle un « maman » un peu gêné mais amusé. Elle rougit aussi, je crois. Au fond de la boîte l'attend l'écrin beige et, quand elle découvre les deux petites boucles d'oreilles, elle a un léger tremblement d'épaules qui m'inquiète. Anna pleure. De fines larmes lui glissent le long des joues. Je m'agenouille auprès d'elle, pose mes lèvres sur ses larmes salées et nos corps se rejoignent un moment, comme quand elle était dans mon ventre. Je la protège, sans elle je n'existe pas ; un court instant je ne voudrais pas qu'elle s'en aille, je voudrais la revoir petite fille penchée sur ses cahiers Clairefontaine et me posant des milliers de questions avec la certitude que sa mère saurait répondre à tout. J'aimerais revenir au temps où sa confiance en moi était intacte et qu'elle me regardait les yeux grands ouverts, curieuse, buvant mes paroles, ne doutant pas une seconde de mes mots.

Avec ma fille dans mes bras, ma fille adulte, bientôt mariée, je me sens si vieille, si ridée, si dépassée, si démodée. À quoi vais-je servir désormais ?

Anna se libère de mon étreinte et nous glissons ensemble la robe dans la housse grise. « Il faudra la repasser », dit-elle. Nous demeurons un moment devant la housse qui renferme la robe blanche et c'est comme si le mariage n'existait plus. Depuis une semaine, je voyais cette robe accrochée et tout tournait alentour, faire attention, ne pas la toucher, garder le silence autour d'elle pour ne pas la déranger, relique, idole, statue, elle a été tout cela, et voilà, en un bruit sec de fermeture Éclair, elle avait disparu. Anna sent ce flottement, elle regarde sa montre et me dit « on va être en retard ». C'est sa phrase préférée, elle le dit en toute circonstance, pour créer du mouvement, de l'action. Je dis ce que je dis toujours dans ces cas-là, « mais non mais non », et le téléphone sonne. C'est Alain. Il a la voix calme, il me demande comment je vais et je m'apprête à lui répondre quand Anna se dresse devant moi en me faisant de grands signes de lui passer le téléphone et plus vite que ça. J'obéis en disant mollement « je vous passe Anna, à tout à l'heure Alain ». Anna chuchote au téléphone, je l'entends rire, soupirer, dire que ça va être vite là, la cérémonie, et il y a de l'attente heureuse dans la voix. Elle dit « moi aussi » à la fin de la communication. Moi aussi, quoi ? Moi aussi, je t'aime ? Moi aussi, je t'embrasse ? Moi aussi, je te veux pour la vie ? Moi aussi, je m'ennuie ? Moi aussi, j'ai hâte ? Moi aussi, j'ai peur ?

Dans ma chambre, mes affaires sont prêtes et pendant qu'Anna prend sa douche, j'appelle un taxi. J'ai plein de numéros à pianoter, ce sont les ordinateurs qui s'occupent de cela maintenant, il y a des téléphones qui sonnent dans le vide et des robots qui décrochent sans les mains et qui vous font pianoter comme des idiots. À la moindre erreur, vous voilà en train de commander un taxi pour Vesoul ou Saint-Pierre-des-Corps. Au bout d'une concentration intense et après avoir pianoté pas mal de numéros et de symboles étoiles et dièses, une voix avec des intonations grotesques me dit qu'un taxi sera dans une demi-heure au 46 rue des Archers, une Mercedes bleue et que je peux raccrocher. Et si je ne raccroche pas ? Et si je restais là à pianoter d'autres choses, à les rendre fous ? Qu'est-ce que je risque ? Derrière moi, soudain Anna qui me fait signe que la salle de bains est libre et je suis obligée de raccrocher. Tensiomètre, baromètre, chronomètre, pas le temps de jouer avec des robots.

La Mercedes bleue est à l'heure, en cinq minutes nous sommes devant le salon de coiffure. Jacques Dessange, « du chic pour aujourd'hui », me dit Anna. Je ne vais presque jamais chez le coiffeur, mes cheveux sont longs, je me suis habituée à les avoir sur mes épaules, à sentir leur poids sur ma nuque. Ils me caressent quand je suis seule, ils battent la mesure de mes pas sur mon dos quand je les tresse en natte, parfois je me cache derrière, c'est ma façon à moi de faire l'autruche.

C'est un salon de coiffure rutilant qui se trouve sur le quai Saint-Antoine. Sur les étagères en verre, des shampooings sont disposés tels des bijoux précieux, des nectars, des potions magiques qui donneraient la jeunesse éternelle, des graals à 30 euros l'unité. Partout, des miroirs, on ne peut pas se rater. Il y a là des filles très blondes, très maquillées qui nous accueillent, vestiaire, café, eau, ce que vous désirez, madame. «Un irish coffee c'est possible?» Ça sort de moi, comme ça, un hoquet qui me surprend. Anna me fait les gros yeux, oops, ma première bourde de la journée. Elle répond en haussant le ton, «un café et un thé s'il vous plaît». Un jeune homme blond nous installe dans des fauteuils de dentiste noirs, hauts, inclinables à 180 degrés et commence par examiner les cheveux de ma fille. Il dit «Je suis Jeremy», d'une voix douce, comme si désormais nous devions l'appeler comme cela, comme si en touchant nos cheveux et en nous parlant de cette voix mielleuse, il était devenu soudain un intime, quelqu'un dont on ne pourrait se passer.

Ma fille a pris le forfait mariée : chignon, fleurs, mèches, négligé calculé chic. Moi, je voudrais les garder lâchés mais Anna me presse de faire un chignon aussi, sur la nuque. Elle donne des instructions au blondinet, elle fait des grands gestes pour montrer à quoi elle voudrait que sa mère ressemble. Jeremy (voilà, c'est fait, je l'appelle Jeremy) acquiesce, me prend les cheveux, soupèse, il est tellement d'accord avec elle, il me faut absolument un chignon de bourgeoise.

Deux autres jeunes filles viennent prendre le relais de Jeremy : une pour le shampooing, une pour la coupe. En se penchant vers nous, Jeremy dit «Je vous abandonne un moment, ça ira, mesdames ? ». Que ferait-il exactement si Anna et moi nous nous mettions à pleurer et à supplier qu'il reste avec nous, nous tienne la main ?

Les deux filles parlent de l'accident qui a eu lieu ce matin. Une péniche s'est encastrée dans le parking souterrain qui longe le quai Saint-Antoine. Le premier sous-sol a été complètement inondé, des voitures sont endommagées, une vraie pagaille. «Ça a fait un trou énorme», dit une des filles. Je vois déjà la tête de l'assureur en lisant le constat «Voiture emboutie par une péniche dans un parking souterrain». C'est ça, oui, bien sûr.

Les deux blondes tentent de nous faire parler et nous restons de glace, snob et fières de l'être. Anna répond uniquement par des onomatopées. «C'est votre mariage ? Hmm. Vous êtes contente ? Hmm. La cérémonie est à Lyon même ? Nn. C'est votre maman ? Hmm. Vous êtes belles toutes les deux ! M'ci. » Les blondes nous maudissent, il n'y a aucun doute.

Quand nous ressortons, nous avons l'air de poupées, Anna me prend le bras en me complimentant sur mon chignon. Elle a mis des gypsophiles dans ses cheveux et c'est d'une telle douceur, ces petites fleurs blanches comme des broderies fines qui paillettent sur ses cheveux noirs. Moi, je souhaiterais un gros hibiscus rouge derrière l'oreille, un hibiscus comme on n'en trouve que chez moi, tout ouvert, et qui me donnerait l'air sexy. Mais ce n'est pas convenable, une mère avec un hibiscus rouge qui marie sa fille.

Nous rentrons à la maison, préparons nos affaires, et la voiture klaxonne en bas. C'est Éric, déjà, à l'heure. Il monte nous aider, il regarde en souriant Anna, il me dit « Bonjour, madame, c'est vous l'écrivain ? » et Anna répond « Eh oui ! ». Tout en descendant la housse d'Anna, il me dit qu'il a lu un de mes livres mais il ne sait plus lequel, il se souvient seulement que ça parle d'Indiens. Je n'ai jamais écrit de livre sur les Indiens mais je souris poliment.

Avec le temps, j'ai appris l'humilité. Accepter que beaucoup vous prennent pour une autre, que les uns vous donnent des leçons sur ce que vous avez écrit, que bien d'autres vous préfèrent à ceux qui passent à la télé et qui écrivent sur leur passage à la télé. Écouter patiemment des personnes qui vous racontent leur vie en tenant votre livre comme un camembert, sans qu'à aucun moment elles s'enquièrent de ce que vous écrivez et quand elles ont fini de déballer leur sac, elles reposent le camembert tout moite sans même y jeter un coup d'œil.

Sourire à ceux qui vous regardent comme si vous étiez des bêtes de foire, assis derrière une table, avec des piles de livres à vendre. Prendre sur soi toujours, se dire que somme toute, nous avons de la chance de pouvoir continuer à écrire. Juste cela : continuer à faire des mots, des phrases, des histoires et à être libre dans ces moments-là.

Nous montons dans la grosse voiture familiale où tiennent toutes nos affaires et surtout la housse d'Anna, sagement accrochée à la fenêtre du passager. Devant la gare, de loin, je reconnais Yves. Il attend en fumant et quand il entre à côté de moi, à l'arrière, j'aspire trop bruyamment son odeur de tabac et il me dit « Toi, t'as besoin d'une cigarette ». Je ris en me cachant la bouche et Yves pose sa main sur ma nuque, sous le chignon, presse ses quatre doigts longuement sur mon cou, son pouce un peu derrière mon oreille et j'ai soudain envie de l'embrasser. Là, maintenant, sur ses lèvres au goût de tabac. Je me rapproche de lui, nos fronts se touchent, il me dit « Tu as l'air d'une grande dame comme ça ». Je ris encore et si on était seuls je crois que j'aurais pris ses lèvres et sa langue.

— Et moi Rastapopoulos, tu ne me dis rien ?

— Ah, la Castafiore ! Tu vas donc vraiment te marier ? Où sont tes bijoux ?

La voiture redémarre avec nous trois, riant de bon cœur, et Éric concentré sur sa responsabilité de chauffeur de la mariée. Nous longeons les quais, la Saône est basse, on voit des roseaux qui dépassent de l'eau, les buissons gris de poussière sur les bords du fleuve, les carcasses d'arbres charriées par les flots restent bloquées au pied des ponts, des cyclistes avec leurs caleçons moulants, des enfants qui courent en criant, comme s'ils couraient derrière l'été qui n'arrive jamais assez vite pour eux. C'est le printemps, un peu en avance sans doute mais n'est-ce pas le mois de mai bientôt ?

Je ne sais pas si je suis attachée à Lyon. J'y ai mes repères, ma petite place et je m'en contente. On me demande assez souvent si je ne suis pas triste de vivre dans un pays si éloigné du mien. Il y a des nostalgies que je me refuse, sinon je perds la tête. La nostalgie de la mer, quand elle surgit après une montée et, à ce moment-là, avoir la certitude qu'ici est le bout du monde ; la nostalgie des fleurs d'été si douces si parfumées ; la nostalgie d'un je-ne-sais-quoi de pur dans l'air, de serein, de sain ; la nostalgie du jus sucré de la canne qui fait crisser les dents et poisser les doigts ; la nostalgie du ciel bas et noir de la nuit et des milliers d'étoiles qui semblent proches, si proches qu'elles donnent l'illusion d'être à portée de main. J'aime Lyon comme, j'en suis sûre, j'aimerais toute autre ville dans laquelle j'aurais un toit sur la tête, une table pour écrire, des fleurs à cueillir et Anna pas loin. Je ne suis peut-être après tout que comme ces arbres aux racines adventices, affleurant le sol, pouvant se faire balayer d'un coup de vent mais qui tout aussi vite peuvent s'accrocher à n'importe quelle terre. Parfois, j'ai l'impression que mon pays c'est un peu ici. C'est ici que ma fille est née, c'est ici que j'écris, c'est ici que j'ai mes amis. Mais, au fond de moi, si je suis vraie et sincère et que je ferme les yeux, je ne me suis sentie vraiment chez moi qu'avec Matthew. Avec lui, j'étais moi-même, comme réconciliée, avec cette aisance et pourtant cette peur de décevoir qui n'existent qu'avec les gens qu'on aime et les pays qu'on chérit.

Nous quittons bientôt l'autoroute et rentrons dans la Dombes. Il y a un air de vacances tout à coup, comme si l'asphalte et les bittes de l'autoroute empêchaient la tête de voyager. Les mares sont asséchées et quelques hérons cherchent encore des poissons qui se seraient cachés sous la boue. Il y a des kilomètres de route bordée d'arbres, des routes en vallons, des bosses et des creux tendres, toujours des arbres, nous sommes dans un road movie romantique. Tout cela m'apaise beaucoup. Yves bavarde, il n'est jamais venu jusqu'ici, il dit «Oh, les chevaux, oh, la ferme, regarde, le type là, t'as vu le cerisier en fleur derrière, Anna tu m'écoutes?». Il est assis sur le bord du siège, impatient, le visage collé à la vitre, c'est un enfant en partance pour un pays magnifique et inconnu. Yves m'a toujours beaucoup émue, il porte en lui le courage de l'émerveillement, aujourd'hui la campagne, demain un livre, après-demain un visage. Les années et les nombreuses épreuves ne sont pas arrivées à bout de cette qualité. Je me demande à cet instant pourquoi nous n'avons jamais fait l'amour. Nous avons eu beaucoup d'occasions, on a souvent été grisés ensemble, par une bonne nouvelle, par l'alcool, par le trop de tabac, par un pays étranger qui nous clouait sur place, par de bonnes blagues, par de mauvaises périodes aussi, comme lorsque Caroline, sa femme, est morte d'un cancer. J'ai passé une semaine avec lui dans sa maison en Bretagne, après les obsèques. Il était fou de douleur, me prenait dans ses bras tous les matins, pleurait sur mes seins, me caressait les reins, serrait mes bras comme s'il avait peur que je m'en aille moi aussi, et je savais qu'il pensait à sa femme, à la solitude désormais avec laquelle il allait devoir composer, à cette maison remplie de la présence de Caroline, sa douce femme qui préparait des confitures délicieuses — et lui qui, chaque fois qu'on allait en Afrique, faisait des orgies de ces ignobles gelées roses gluantes où il n'y a que du sucre et des colorants. Faire l'amour avec elle lui manquait déjà et la perspective de ce vide qui allait perdurer lui faisait si peur.

C'était important pour eux, je le sais. Chaque fois qu'ils étaient ensemble, il y avait toujours entre eux un geste de tendresse, d'intimité, de complicité qui me faisait regarder ailleurs, une sorte de voix commune de leurs corps respectifs qui écartait le reste du monde. Elle, sa main dans ses cheveux. Lui, ses doigts sur son coude, sa tête sur son épaule, sa paume ouverte sur son dos. Un couple qui faisait

l'amour encore, après vingt ans de vie commune.
Parfois, ils se souriaient à table et Caroline rou-
gissait. Elle avait une peau délicate comme du papier
de soie et j'imagine que tout son corps devait être
comme cela, fin, fragile, doux, sensible et que s'il
lui faisait l'amour trop fort, elle gardait des marques
d'étreinte sur sa peau. Souvent, nous étions invités
dans les festivals littéraires et nous nous retrouvions
seuls, le soir. Nous avons toujours eu entre nous
cette ligne ténue d'amitié amoureuse que personne
n'a voulu franchir. Chaque fois que la ligne devenait floue, l'un d'entre nous était plus fort, reculait
et, le lendemain, nous étions tous les deux contents
de n'avoir rien changé. Cela fait six ans que Caroline est morte et il garde une photo d'elle dans son
portefeuille. Sur son bureau, à la maison d'édition,
il y a un cadre où les deux sont à la montagne, elle
devant, lui regardant son dos, pas l'objectif. Lui
flou, elle claire, en pleine lumière. Yves était toujours comme ça avec sa femme, un peu en retrait,
pas par simple galanterie mais parce que son corps
et son cœur se ramollissaient d'amour et il devenait
vulnérable, je crois. Ensemble, c'était elle sa force.
Depuis qu'elle n'est plus, il ne mange plus les confitures sucrées africaines parce que ça lui rappelle
trop ce qui lui manque désormais.

Yves et Anna s'assoupissent un peu. J'enlève
mes chaussures et remonte mes pieds sous moi.
Dans cette voiture, je me sens protégée. Je ne sais
pas pourquoi je pense, à ce moment-là, à une photo

qu'on a prise de mon pied quand j'avais trente ans. C'était à Sète, un endroit que je n'aime pas à cause de tous ces gens qui prennent le soleil comme s'il allait disparaître demain, ces hôtels aux murs noircis, les commerçants malpolis, les hommes poilus, bagues aux doigts et gourmettes aux poignets, les femmes ridées et couleur carotte. Il y avait là un festival de lectures et je venais de lire le dernier chapitre de *L'Étranger*. J'avais choisi Camus, les autres lisaient des auteurs à la mode, beaucoup de sexe, de mots assénés, du théâtre dans la voix, dans les gestes.

Je suis montée sur scène, j'avais mis une jupe rouge et un petit haut blanc, je me sentais désirable et inaccessible à la fois. J'ai lu ce dernier chapitre, debout, sans trembler, je sentais la salle s'immobiliser, les souffles se retenir, il n'y avait que ma voix, la jupe rouge qui m'effleurait les mollets, le vent, le vent, le vent qui emportait les paroles de Camus. « Et moi aussi, je me suis senti prêt à tout revivre. Comme si cette grande colère m'avait purgé du mal, vidé d'espoir, devant cette nuit chargée de signes et d'étoiles, je m'ouvrais pour la première fois à la tendre indifférence du monde… Pour que je me sente moins seul, il me restait à souhaiter qu'il y ait beaucoup de spectateurs le jour de mon exécution et qu'ils m'accueillent avec des cris de haine. »

Quand ce fut fini, je suis descendue de scène, épuisée comme jamais. Mon corps tout entier tremblait, j'avais des larmes aux yeux et un garçon est venu me donner une grande bouteille d'eau. Je me suis assise sous un acacia, j'ai enlevé mes chaussures, je voulais me laisser glisser sur le sol, m'allonger en croix... Plus loin, il y avait un homme avec un appareil photo et qui me regardait avec un peu d'inquiétude, je devais être pâle. J'ai fermé les yeux pour qu'autour de moi, il n'y ait plus que le vent. J'avais trente ans, Anna en avait dix, elle était restée à Lyon chez une amie et je me suis sentie aussi vidée d'espoir. Quand j'ai rouvert les yeux, le photographe était devant moi, me tendant une photo. Il avait un Polaroid, je n'avais même pas entendu le déclencheur. Il m'a dit «J'espère que ça ne vous dérange pas». C'était une photo de mon pied.

Plus de treize ans plus tard, dans la voiture qui nous emmène vers un château et que défile un paysage calme autour de nous, je prends mon agenda et, coincée entre la couverture en cuir et le papier, il y a la photo. Vieillie, cornée mais toujours le même pied.

C'est un pied gauche. Tendu sur le haut et lâche sur la courbe des orteils. Les veines gonflent sous la peau, la chaleur de l'été, la pression d'une jambe sur l'autre, bientôt les fourmis commenceront à l'envahir. Les ongles des orteils sont peints d'une couleur prune un tantinet délavée. Cette coquetterie est récente, le vernis couvre encore tout l'ongle, on ne distingue pas encore la bande blanche qui se forme petit à petit, à la base, à mesure que l'ongle pousse.

Sur la cheville, il y a un tatouage. À la façon dont il épouse les os et les creux de la cheville, on devine que c'est un vrai, pas une de ces décalcomanies appliquées avec de l'eau et qui s'effritent comme des pellicules sèches. Si le tatouage est beau ou pas, là n'est pas la question. C'est quand même un peu inquiétant, associé à ce pied longiligne, aux os qui tendent et font saillir la peau, à ce vernis prune délavé. Sur la photo, derrière le pied, l'herbe est sèche, il fait chaud, on voit une pointe de chaussure noire jetée un peu vite, elle est de travers, la semelle est tournée vers l'objectif et une étiquette y est collée. Mais tout cela n'est pas important. Ce que je vois maintenant encore et ce qui m'avait frappée ce jour-là après la lecture, c'est que c'est un pied d'adulte, même pas de jeune adulte mais d'adulte tout court. Ce que j'ai eu du mal à croire sur le moment, quand j'ai tenu la photo entre mes doigts, c'est que ce pied, c'était le mien.

Je n'imaginais pas avoir des pieds si grands, si secs, si noueux. Des pieds qui avaient couru, marché, ça se voyait à la dureté de la plante ; eussent-ils été un peu potelés ils auraient fait l'affaire, ils auraient donné le change, comme on dit. Mais là, ce pied gauche était un pied de femme. Les années avaient fait leur chemin jusqu'à eux. C'était un pied de femme décidée, de femme avec enfants, mari, maison, beaux-parents, amis et shopping un peu. Pourtant, à ce moment-là, j'avais trente ans et je ne possédais rien de tout cela. J'étais encore dans l'esprit de mes quinze ans, dans ma tête courait une histoire où je réussissais tout, j'avais des élans de tendresse envers certaines personnes que les adultes n'ont plus, je ne savais jouer d'aucune stratégie, mes mensonges ont toujours été idiots ou trop élaborés. Je rêvais d'un pays sans douleur, à des projets fous encore, comme tout quitter et recommencer de zéro. Aujourd'hui encore, à quarante-deux ans, je passe parfois des heures à élaborer un plan, à choisir le pays de ma nouvelle vie. Des heures perdues à rien parce que bien sûr je ne peux pas partir comme ça. Peut-être que si je le fais, on m'oubliera vite après tout, je serai classée parmi toutes ces disparitions inexpliquées, je deviendrai une ombre, une quasi-morte sans sépulture, les photos de moi seront rangées dans un vieux tiroir, plus personne ne se posera de questions et moi, je serai loin, dans un autre pays, sous une autre identité, vivant une autre vie, ne me retournant plus quand j'entendrais le nom Sonia. Mais je ne peux pas partir, je perds mon temps, je me fais des fausses joies, alors que j'ai une fille qui m'attend, un bout de moi et d'un homme que j'ai aimé du mieux que j'ai pu, tendrement, tranquillement, qui écoutait la musique de mes mots et que j'ai laissé partir parce que c'est ce qu'on fait quand on

aime. Laisser partir, attendre, ne rien attendre, recevoir, redonner.

J'avais trente ans à ce moment-là, et je pensais
souvent à la mort aussi, comme une adolescente.
Non pas que j'étais particulièrement malheureuse,
non. Je trouvais l'idée de mourir jeune assez séduisante. Dire stop, avouer que l'avenir fait trop peur
et que je n'ai pas trouvé la recette pour sautiller
gaiement tous les jours. Je ne sais plus qui a dit que
nous naissons tous en croyant à tort être ici sur
terre pour être heureux.

J'aimais l'idée de laisser aux autres le soin d'imaginer ce qu'aurait pu être ma vie et, forcément,
elle aurait été belle. On ne dit pas d'une jeune
personne qui s'est donné la mort qu'elle a bien fait
et que, somme toute, elle aurait eu une vie de
merde. Non, on dit « quel gâchis ». Poignarder la
jeunesse pour mieux la retenir, voilà ce à quoi je
pensais. Mais avec ce pied, ces pensées n'étaient
pas convenables.

Quand je regarde cette photo, dans la voiture
où on se laisse bercer par le défilement du paysage
et le ronronnement du moteur, les sentiments que
j'avais ressentis à trente ans en voyant ce cliché me
reviennent. Je m'étais dit que je n'avais pas une
once de chance, ce truc mystérieux qui fait que les
choses s'enchaînent, se développent, prennent tour-
nure. Ce petit plus, signe du ciel, signe du temps,
que sais-je, qui fait que la mayonnaise prend et
qu'à moins d'un sabotage méthodique, elle ne peut

plus retomber. Il y a toujours des grains de sable qui m'accompagnent pour faire grincer la machine, ça doit être mon karma. J'avais trente ans, j'avais écrit trois romans qui marchaient moyennement, honnêtement plutôt, je travaillais dans un magazine pour femmes, je venais de déménager à Lyon, je m'occupais seule de ma fille, j'avais une vie simple, digne, oui digne, j'aurais dû être contente et pourtant, j'avais des pensées comme celles-là. Mais finalement, ai-je tant changé, treize ans plus tard ?

Je porte du *small*, je n'assume pas les décolletés que je continue de remonter et les jupes courtes que je tire en permanence sur mes genoux. Une femme adulte ne ferait pas ça. Je ne sais pas dire non, je n'aime pas que les gens soient fâchés avec moi, je n'assume ni les conflits ni les disputes. Je rêve à des anniversaires surprises où il y aurait un gâteau énorme avec plein de crème, des invités qui sortiraient de derrière les armoires et les fauteuils en criant SURPRISE !, une soirée magnifique qui vous tombe sur le coin de la gueule et dont on ne se remet pas tout de suite. Une femme adulte, mature, n'a pas ce genre de rêve.

Devant cette photo aujourd'hui, je me dis que je pense très peu au sexe par exemple. Un plan baise, un plan cul juste pour ça, il n'y a pas de mal à se faire du bien, c'est ce qu'on dit, non ? Moi, jamais. Pourtant, n'est-ce pas cela aussi grandir ? Faire des choses interdites puisqu'on est libre désormais, en âge de disposer de son corps. Mais non, moi je n'ai eu de cesse de l'enfermer ce corps, de lui donner une maison, une couette chaude les nuits d'hiver, une nuisette en soie les jours d'été, un homme parfois, toujours bon et loyal, que je finis par quitter parce que je ne sais pas l'accueillir dans mon monde à moi, avec mes livres qui me domestiquent et ma fille que j'apprivoise. À ce corps, je n'ai jamais offert un amant d'une nuit qui l'aurait pris un peu sauvagement, avec des gémissements. Je ne lui ai pas épargné mes pensées, mes prises de tête, mes questions à la con.

Je me souviens qu'en regardant ce pied, j'avais eu une envie subite de changer. De devenir une femme, comme les mères des copines d'Anna. De lui faire des gâteaux, de lui coudre des robes, de lui tricoter des écharpes, de mettre des étiquettes à son nom au dos de ses pulls, de la gronder parfois, de ne pas lui faire subir mes heures et mes heures de solitude devant mon cahier. Je me souviens que je me suis dit qu'il fallait se mettre au diapason de son corps, de ces années qui s'accumulent, de devancer le tic-tac de l'horloge et de se faire, enfin, une image qu'on regarderait avec satisfaction.

Voilà, je regarde ce cliché de mon pied et j'observe le tatouage sur mon pied gauche. Je l'ai fait à seize ans, en cachette de mes parents et je me dis que c'est un pied qui s'est trompé de tête. Avec un pied comme ça, on devrait savoir beaucoup de choses, avoir des responsabilités un peu lourdes qui feraient du bien quand on les accomplirait ;

avec un pied comme ça, on devrait avoir une tête bien faite, un fond de teint sur le visage pour cacher les rides, un rouge à lèvres qui donnerait envie, des yeux surlignés et des ombres à paupières. Mais je n'ai rien de tout cela et je me sens tout à coup triste, inutile, perdue et la dernière à le savoir.

Dans la voiture qui nous emmène vers le mariage de ma fille, j'ai soudain comme un gros poids sur ma tête et peut-être que je soupire parce que Yves me prend la main et me serre fort les doigts. Voilà ce que j'aurais dû dire à ma fille : d'avoir un amant, deux, trois, de prendre son pied, de se faire faire l'amour fort, de commander, de diriger, de dire ses envies, de faire des choses dont elle aurait un peu honte, de se lâcher. De ne pas se comporter comme les autres, d'oser se mettre en rouge pour son mariage, d'embrasser son homme dans la rue, à pleine bouche, avec la langue et de laisser les autres regarder et en mourir d'envie ; lui expliquer qu'avant son mariage, il aurait fallu connaître d'autres corps, d'autres sentiments, souffrir un peu, aimer beaucoup, se perdre, devenir un peu cynique, rire des mots d'amour surfaits, s'émouvoir, donner, ne pas se protéger, parce que, soudain, on se réveille comme moi, à quarante-deux ans et on n'a pas vécu. Voilà ce que j'aurais dû lui dire. J'aurais dû lui dire de faire ce que je n'ai pas fait. Depuis Matthew, j'ai connu quelques hommes, à peine, qui m'ont toujours prise pour une autre, parce que j'écrivais des livres, parce que parfois, il m'arrivait de raconter l'amour. Des hommes qui pensaient que j'avais l'assurance des femmes du monde, que je connaissais le chemin jusqu'à eux. Non, je ne suis pas du tout cela, je ne suis qu'une femme comme une autre qui espère qu'un jour, de façon inattendue, la complicité viendra, le plaisir à deux, la générosité évidente, les chuchotements spontanés au creux de l'oreille et que, tranquillement, en fermant la porte au monde, elle et son homme jouiront l'un dans l'autre.

5

Quand la voiture s'arrête devant le restaurant La Ferme du Bugey, j'ai mal à la tête de tous les souvenirs qui me reviennent, une claque que je prends en plein visage, je tremble de la houle d'insatisfaction qui me remplit : qu'ai-je fait de ces années, de cette vie, des chances que j'ai eues, de toutes les rencontres dont auraient pu surgir l'amitié, l'amour ? J'ai envie d'être ailleurs. Yves le sent, Anna aussi. Ils me prennent par le bras de chaque côté. Anna me pousse carrément par le coude, Yves entoure mon avant-bras maigre de sa grande main. Deux forces, l'une qui me commande, l'autre qui m'accompagne. J'ai quarante-deux ans et je sais qu'en ce moment, je fais vingt ans de plus, le dos courbé, les yeux tristes et les jambes chancelantes. Anna a l'air inquiet, elle me demande si je me sens bien, il y a de l'appréhension dans sa voix, sa mère va tout gâcher, tomber malade, tout ficher en l'air… Je la regarde dans les yeux, elle est au bord des larmes, alors un je-ne-sais-quoi en moi me secoue, je me redresse, je lui souris, je lui dis que je suis juste fatiguée et que j'ai une faim de loup. Ses lèvres tremblent, elle me serre dans ses bras un moment et elle dit comme si elle parlait à une assemblée : « Allons manger ! » Je me reprends, je ne sais où je trouve la force et le courage de sourire, allez Sonia, un effort, tu auras tout le temps de penser à ta vie ratée, tout le temps, ma vieille.

C'est une petite ferme auberge toute simple, avec des tables en bois sombre sans nappe, patinées, marquées de ronds de verres, des fleurs en plastique et des trophées du meilleur poulet de Bresse sur les murs. Au menu, il y a, bien sûr, du poulet à la crème et aux morilles, des grenouilles, des carpes et des quenelles. Je prends des quenelles sauce Nantua, Yves aussi, Anna choisit des grenouilles poêlées toutes simples, elle me dit qu'elle n'a pas très faim, Éric a disparu, je n'ose demander où mais je suis sûre que c'est dans le programme d'Anna. *12 h 30 Ferme auberge à Artemare, Éric se volatilise.*

Yves et Anna se chamaillent gentiment, ça me fait un cocon tout doux dans lequel je peux me tourner en boule, me rassurer. J'ai si peur de voir ma fille se marier à vingt-trois ans, j'ai peur, j'ai peur. Je voudrais lui dire de tout arrêter, que c'est pas grave, les fleurs, le château, tout ça, on te trouvera une plus jolie robe dans dix ans, c'est mieux de se marier avec des petites rides autour des yeux, on s'en fout des *wedding planners*, Alain s'en remettra, les invités aussi, on partira de Lyon si tu veux, je serai avec toi, voyage un peu, fais la fête, fais la folle, perds pied, ne te marie pas. Pourquoi n'ai-je pas dit cela plus tôt? Pourquoi n'ai-je pas été plus ferme, pourquoi n'ai-je pas tempêté, menacé? Comment se fait-il que ma fille soit si différente de moi, que ses envies et ses désirs soient si éloignés des miens?

Je touche à peine à mon plat, Yves me caresse le dos, il me parle un peu de mon manuscrit, qu'il lit en ce moment, c'est le premier livre où je parle de l'île Maurice, là où je suis née. Yves me dit que mon écriture a changé avec ce livre. Il me dit que c'est plus violent, plus acéré et, tandis qu'Anna et moi posons nos fourchettes pour l'écouter, il s'arrête là, les yeux perdus dans le vague. Je crois qu'il a raison, je me souviens qu'en écrivant ce livre-là, j'avais les mains moites et le cou tendu, une sorte de colère rentrée que je ne pouvais expliquer. Anna me dit alors que je ne parle jamais de là-bas. Elle dit «là-bas», comme si c'était un endroit un peu maudit ou un paradis... Un lieu interdit.

C'est vrai que je n'en parle jamais. Je ne suis jamais rentrée en vingt-cinq ans, depuis que je suis partie un soir noir et frais d'octobre, accompagnée à l'aéroport par la moitié de ma famille. J'étais impatiente, si impatiente de prendre l'avion, de m'envoler, littéralement, c'est exactement l'image que j'avais : moi, déployant mes ailes et me laissant porter dans les nuages. Une excitation sans pareille remplissait mon cœur, me faisait sourire constamment, si bien que mes parents en étaient vexés ; ainsi donc je n'avais pas peine à les quitter, à partir loin de chez moi, loin des miens ? Certes, j'avais de l'appréhension mais de celle qui donne du courage, de l'envie. Le trac, peut-être, celui qui fait aller plus loin, qui fait sortir ce qu'on a profondément enfoui dans les tripes. Mais quitter mes parents, ma famille, mon pays, mon si beau pays — ne le dit-on pas régulièrement, dans les magazines, dans les reportages à la télé, dans les récits de voyages de touristes béats, gagas devant tant de beauté et qui, ensuite, vous regardent en redemandant encore encore, comme si vous deviez représenter partout votre pays, en être le digne ambassadeur, payé par l'office du tourisme, dire « Oui, c'est magnifique, je souffre d'être ici, oui, oui, quel beau pays que l'île Maurice », et surtout leur trouver une réponse convenable à la fameuse question « Mais que faites-vous ici, loin de la mer et du soleil ? » — partir, quitter tout cela me semblait normal, un acte évident, un juste emboîtement des choses de la vie, de ma vie. Je sautillais d'impatience ce jour-là. Je n'avais que dix-sept ans et je sautillais d'impatience d'aller dans un pays étranger, de prendre le métro, de sentir le froid me mordre le nez, d'avoir froid tout court, de *grelotter*, ah comme j'aimais ce mot grelotter, toucher la neige, la goûter, mettre des gants, boire du chocolat chaud, voir les feuilles virer à l'orange, écouter les musiciens les nuits d'été dans les squares, manger des viandes en sauce, des pâtisseries à la fraise et à la framboise, embrasser un étranger à pleine bouche dans la rue, lire les journaux insolents, acheter des vieux livres sur les quais de la Seine, toutes ces choses que j'avais lues moi-même dans les livres, écoutées dans les chansons. Sinon comment aurais-je su que les feuilles virent à l'orange l'automne et craquent sous les pieds, moi qui jusqu'à présent vivais dans un pays où les feuilles restent vertes toute l'année et ne se retrouvent par terre qu'une fois vieilles et malades ou arrachées par le vent mauvais d'un cyclone, comment aurais-je eu envie de boire un chocolat chaud alors que, dans mon pays, il ne fait jamais assez froid pour boire cela ? Comment aurais-je autant aimé le mot grelotter, moi dont les grands-parents étaient analphabètes, laboureurs, burinés par le soleil, morts de fatigue ? J'étais pétrie de clichés et Dieu que c'était bon. Je ne me suis jamais débarrassée, somme toute, de ces images d'Épinal. Anna, si française et si ironique, se moque toujours de moi quand je suis tout émue et que je marche lourdement sur les feuilles au pied des arbres, l'automne, et que je râle si elles sont trop humides et ne craquent pas sous la chaussure. J'ai toujours les yeux qui s'écarquillent devant la tour Eiffel le soir, et sur les bords de la Seine, je m'arrête avec cérémonie devant les bouquinistes, si heureuse qu'ils soient là encore, me réconciliant avec toutes les déceptions que j'ai eues.

À dix-sept ans, Anna était une fille sage, rangée, mesurée, elle portait des pantalons bien coupés et des chaussures à bouts ronds. La seule fantaisie qu'elle s'accordait c'était les étoles colorées que je lui rapportais de mes voyages. À dix-sept ans, j'étais timide mais impatiente de tout voir. La chose qui me rendait le plus triste c'était de regarder une mappemonde et d'énumérer les pays où je n'irais jamais. Qui met les pieds au Kamtchatka, sur l'île de Clipperton ou à Anadyr ? Je ne me souviens plus de ce que je portais mais sûrement pas des chaussures à bouts ronds. À dix-sept ans, je n'ai eu aucune peine à quitter mes parents et je crois qu'à dix-sept ans Anna n'en aurait pas eu pour me quitter. Quand je me rends compte de cela soudain, qu'elle et moi nous n'avons aucune peine à nous éloigner de nos parents, j'en ai le souffle coupé. Voilà ce qui arrive quand on passe son temps à comparer, à soupeser, Anna à dix-sept ans, moi à dix-sept ans, moi à dix ans, Anna à dix ans, voilà ce qui arrive, on cherche la chose qui nous réunirait, dont on serait fière, par exemple dire qu'Anna et moi faisons le riz à l'indienne de la même façon, que nous nous endormons les poings légèrement fermés comme si nous ne voulions pas lâcher un secret, que nous avons le geste large et assuré de renvoyer le pan d'une étole sur l'épaule, ces petits détails qui lieraient une mère et sa fille, une fille et sa mère, non, à la place des petits bonheurs je trouve cela : l'indifférence face aux parents.

Oh, oui, j'en ai eu de l'indifférence. Tellement, d'ailleurs, que je ne suis jamais retournée à l'île Maurice. J'en ai eu souvent envie, je suis allée très près, à la Réunion par exemple, et le soir, je me disais que mon pays était juste là, à côté et que si, peut-être, je me redressais sur la pointe des pieds une nuit noire bien insulaire, je verrais les lumières du Sud-Ouest. Du Morne, par exemple. Quand mes parents sont morts, je n'ai même pas fait le déplacement, cela me semblait incongru, je ne voulais pas me retrouver devant la famille, moi, la mère célibataire, j'ai fui, je suis restée cloîtrée dans mon nouveau pays, pays riche, pays développé où je pouvais faire des enfants toute seule et marcher la tête haute. Je m'en veux tout à coup, je m'en veux. Mais je sais pertinemment que ce n'est pas là un sursaut d'amour filial, un regret qui viendrait des années après, mais bien la peur qu'Anna me fasse la même chose, comme une réponse à ce que j'ai fait. Un miroir qui me mettrait en face de ma lâcheté, quelque chose qui me ferait payer, qui me ferait sentir ce que mes parents ont ressenti. Je transpire, j'ai chaud, je pense que si Anna ne vient pas à mes obsèques, ce sera, une fois de plus, de ma faute et que je l'aurai bien mérité.

Je l'aime tant, ma fille, je ne voudrais pas qu'elle s'en aille, je voudrais qu'elle soit là, à mes côtés, je voudrais qu'elle pleure à ma mort, qu'elle souffre, qu'elle parle de moi les larmes aux yeux, même des années après ma mort, qu'elle me regrette et qu'elle ouvre mes livres en soupirant de peine. Je suis l'incarnation de l'égoïsme et je m'en fiche. Je suis sa mère, bon sang. Elle me doit de me regretter. Sinon quoi ? Elle serait soulagée, indifférente comme moi j'ai été ? J'aurais donc vraiment tout raté ?

— Raconte un peu comment c'est, là-bas, maman ?

C'est Anna qui m'interrompt dans ces pensées sombres avec sa voix claire et posée. Je joue avec ma nourriture, comme le pire des garnements, j'écrase la quenelle, j'en fais une purée que je mélange avec de la sauce, ça en devient une bouillie que j'ai encore moins envie d'avaler. Je dis que je n'ai pas grand-chose à raconter, que mes parents sont tous les deux morts, que mon frère vit quelque part en Californie et que je ne me souviens plus de son visage. J'allais me taire mais, alors, je me souviens des fleurs. Je dis à Anna que les fleurs de mon pays sont les plus belles de la terre. Qu'elles ne sont en rien cultivées, plantées, elles jaillissent où bon leur semble. Elles sentent comme l'aube, le soleil, la nuit — y a-t-il un parfum qui a réussi à emprisonner cela ? Elles font des reliefs au ciel bleu, elles sont énormes, comme les hibiscus, fragiles comme les frangipaniers, effrayantes comme les langues de flamboyants, changeantes comme les goyaviers royaux au petit matin, enchaînées à jamais comme les fleurs du safran. J'ajoute que le jardin de Versailles, c'est de la gnognote à côté et ça fait éclater de rire Anna et Yves.

Je les regarde, je crois qu'ils m'aiment à cet instant-là, j'ai envie de les prendre dans mes bras, tous les deux, de les serrer, de les étouffer un peu.

À ce moment, Éric revient (peut-être était-ce marqué dans le programme, *13 h 30 Éric revient*) et s'assied avec nous pour le café. Il dit à Anna que les autres sont déjà arrivés au château. Nous nous dépêchons, je me chamaille avec Yves pour régler le déjeuner, je dis d'un air assuré en lui arrachant la note « Attends, c'est le mariage de ma fille aujourd'hui », il me répond, du tac au tac, en me reprenant la note « Dis donc, elle est à moi aussi », et le temps s'arrête. Je voudrais que la journée se termine là, à cet instant précis où nous sommes, par magie, devenus Yves et moi les parents d'Anna. Je voudrais mettre un point final à cette histoire, fermer la page, plus rien à ajouter. Une fin parfaite, un happy end, avec un petit dessin romantique en dessous, une guirlande, un bouquet, de ce genre de dessins qui apparaissent à la fin des dessins animés ou des films d'amour. Ma vie ressemblerait alors à un paquet cadeau bien emballé.

Mais nous ne sommes pas dans un film, encore moins dans un roman, je n'ai pas le contrôle des événements, je ne décide de rien, je subis. Qui décide du point final, ici-bas, qui décide de nous, marionnettes de papier ? Yves finit par avoir le dessus. Anna est silencieuse derrière nous, elle a entendu, elle a un petit sourire un peu triste et, quand nos regards se croisent, je sais que nous pensons toutes les deux à Matthew. Ma fille a sûrement imaginé un père baroudeur, nomade comme elle disait, un peu échevelé, beau forcément beau, avec un gilet à poches multiples d'où pouvaient sortir des trésors. Moi, je garde précieusement l'image d'un homme au dos étoilé et qui écoutait mes livres et ma voix, sans comprendre un mot de français.

Nous remontons dans la voiture et nous longeons la sombre enfilade de maisons de pierre aux vitres brisées et aux nombreux panneaux *À vendre*. C'est si triste, cette vallée de l'Ain. Avant, c'était une campagne dynamique, on faisait beaucoup de soie ici. Ces grandes bâtisses aux petites fenêtres sous les toits, noircies par les années, qui semblent alourdir la terre, ce sont des magnaneries, là où les paysans cultivaient les vers à soie et les empiffraient de feuilles de mûriers. C'était peut-être, en ce temps-là, une vallée joyeuse, avec toutes ces jeunes filles qui tiraient la soie, avec leurs robes échancrées et leurs jupes godées, leurs petites mains blanches de fées. Peut-être y avait-il plein de garçons qui les attendaient à la sortie des magnaneries. J'imagine que les mûriers avec leurs troncs tortueux et leurs feuilles d'un vert d'eau, plantés en nombre, faisaient un doux relief à cette vallée, et que tout ceci, les jeunes filles, les garçons, la soie qu'on tissait, les beaux tissus que celle-ci prédisait, le soir qui tombait après une longue journée bien remplie et l'aube qui annonçait une journée heureuse, j'imagine qu'en ce temps-là tout ceci donnait un air de jeunesse et d'éternité à cet endroit.

Après la vallée enfoncée, nous sillonnons une plaine magnifique. Nous sommes le 21 avril, presque le printemps n'est-ce pas, les flancs de montagnes au loin sont épais d'arbres, les champs sont traversés par des rectangles magnifiques de colza et ça fait des traînées jaune dessin d'enfant. Nous sommes quatre dans la voiture et je baisse la vitre quand nous prenons une grande route bordée de platanes gigantesques. C'est si rare aujourd'hui, des platanes qui arrêtent le bitume ; il y a des gens qui se regroupent en associations et qui finissent par convaincre tout le monde que c'est dangereux, les platanes au bord des routes. Ça doit être vrai mais que nous restera-t-il, alors, pour nous émerveiller quand on traversera la campagne ? J'ai l'impression que nous sommes seuls sur terre, je voudrais mettre Otis Redding et que nous chantions tous *Sitting on the Dock of the Bay*, les coudes sur les portières, une cigarette aux lèvres. J'ai une envie de mer, de douceur, c'est une belle journée pour se marier, finalement.

Je regarde la tête des arbres, leurs feuilles bien charnues et si je ferme les yeux un peu, à travers mes cils il me semble que c'est une nuée d'oiseaux qui nous accompagne. Nous tournons à gauche et, sur la montée, le château nous apparaît, dominant la vallée. Une grille immense est ouverte, toute dégingandée et la voiture sautille sur le chemin de terre jonché de coques diverses, de bogues de marronniers, de cailloux. Je me penche vers Yves, me tords le cou pour mieux voir l'édifice à travers les nombreux arbres qui sont plantés sur toute la montée menant au château mais c'est difficile. Anna reste droite, bien calée et je glisse ma main sur son épaule. Je crois qu'elle tremble un peu. Quand la voiture s'arrête sur le gravier, elle est pourtant la première à descendre, à sauter presque de la voiture. Elle s'avance, observe le château de haut en bas, les mains sur les hanches, me regarde, sourit à Yves et dit à la volée «Je vais chercher Alain». Le lieu s'appelle Château Froid. Yves est debout, le dos au château. Ses yeux sont perdus dans la forêt de pins qui nous cachent le fond de la vallée, les maisons sombres, les champs de colza, le jaune vif, la ville qu'on devine un peu plus loin à cause de ce brouillard parme à l'horizon. Je m'approche de lui, lui enserre la taille. Son bras droit vient se reposer sur mon épaule et il laisse ses grands doigts légèrement appuyés en haut de mes seins. S'il me serrait un peu plus, il pourrait prendre tout mon sein droit dans sa grande paume.

Anna nous appelle, Alain s'habille déjà, dit-elle, il est quatorze heures, le mariage civil est dans deux heures. Elle nous presse d'aller nous préparer. Anna a choisi Yves comme son témoin, c'est drôle, elle aurait pu choisir une de ses nombreuses amies, mais non, Yves fera tout, témoin, père, mère aussi peut-être.

Dans le château, il y a là une dame toute rondelette qui me montre ma chambre. Elle me précède dans l'escalier et je me demande si elle porte une perruque ou si elle s'est fait un brushing trop laqué. Elle glisse sur le parquet à tout petits pas, comme si elle avait sous les pieds des patins imaginaires et qu'elle passait sa vie à lustrer son chemin. Elle me fait soudain penser à quelqu'un mais je n'arrive pas à me rappeler qui exactement. Ma chambre se trouve dans une des deux tours du château et je sais que c'est une gentille attention d'Anna. La petite femme me laisse la clé sur la commode en bois brun de l'entrée, où un vieux miroir réfléchit la lumière. De la grande fenêtre en face du lit, je vois une autre forêt derrière le château et la vallée à gauche, les vieilles usines noires, les montagnes enferrées, les champs engoncés et le colza jaune d'enfant qui souligne tout ça.

J'allume ma première cigarette de la journée. Je la fume avec attention, en faisant durer, en inspirant profondément, n'éprouvant aucune culpabilité, rien que du plaisir. La salle de bains est immense avec une baignoire blanche et un lavabo profond en porcelaine. Je prends une douche en protégeant mes cheveux avec le bonnet en plastique. Je ris en imaginant un instant que je sorte comme cela, avec ce capuchon à fleurs roses enfoncé dans les cheveux. Je me brosse les dents et je me parfume derrière l'oreille et à l'intérieur des poignets. Je mets une robe bleu marine, longue, simple, sans manches, avec un décolleté en V dans le dos sur le bord duquel partent des petites broderies fines. Je fais attention à ne pas abîmer mon chignon qui pèse sur ma nuque et me grattouille un peu. Mon bras semble orphelin sans mon bracelet. Sur mes épaules je jette l'étole en soie qu'Yves m'a ramenée du Népal. Une myriade de fils or, bordeaux, rouges, carmin, qui tient chaud, qui réchauffe le teint pâlot que j'ai. Je masse mes pieds un moment avec de la crème pour pouvoir les glisser dans les escarpins étroits, je me mets du khôl sur les yeux, la seule chose sans laquelle je ne sors jamais, et un soupçon de brillant à lèvres. En une demi-heure, j'ai fini.

Je tourne en rond dans ma chambre pendant un moment. Elle est trop grande pour moi, ce soir je m'y sentirai bien seule mais j'espère boire assez pour ne pas m'en rendre compte. Je m'assieds sur le bord du lit, et me prend le doux tournis de mon autre vie, celle du livre que je suis en train d'écrire. Ça ressemble d'abord à un petit malaise, l'impression de voir flou tout autour, de perdre pied. Ensuite, je vois Robin, le petit garçon qui a perdu ses parents. Je le vois bien, le petit, j'ai besoin de ça quand j'écris. Par exemple, Robin a un pyjama marron clair avec un liseré plus foncé sur les poignets. C'est comme ça qu'il est quand les policiers viennent à sa porte annoncer l'accident de ses parents. Il est chétif, presque maigre, ses cheveux droits et épais lui font une sorte de boule autour de la tête, il n'aime pas cela, c'est sa mère qui le lui a imposé. Pour s'endormir, il mordille le coin de sa couverture. Il a de beaux sourcils, de ceux qui prennent à la racine du nez et qui, plus tard, séduiront les filles. Quand il rit, ses petits yeux se ferment complètement. Je n'ai rien inventé de tout cela, j'ai volé ici et là, j'ai mélangé, ça prend, ça prend pas. Chaque fois je me dis que cette fois-ci ce butinage ne va pas marcher, qu'on va se rendre compte que je ne suis qu'une tricheuse, une voleuse de vie, une pie de mots.

Voilà, sur le lit, je suis presque absente. Je dis presque parce que, aujourd'hui, quelque chose d'ici me retient. J'entends les oiseaux de la forêt derrière, je sens confusément le poids du chignon sur ma nuque. Je me lève pour échapper à la torpeur et je décide d'aller voir Anna. Je ferme ma porte soigneusement et je marche le long du couloir. Je me rends compte que je fais comme la vieille dame rondelette, allant à pas glissés, sans bruit. Soudain, je sais à qui elle me fait penser. À Mme Santullo ! Je m'arrête un moment, étonnée que son souvenir m'ait échappé toutes ces années et qu'il me revienne aujourd'hui précisément.

À Paris, nous habitions dans un de ces vieux immeubles où l'appartement du rez-de-chaussée est occupé par le concierge. Il s'appelait Emilio Santullo, était venu d'Italie pour « faire le maçon », comme beaucoup de ses compatriotes mais il n'était pas assez costaud, disait-il. Il était en effet tout efflanqué, la ceinture serrant le pantalon jusqu'à ce que ça fasse des plis à la taille, courbé, tremblant presque, tel un roseau. Chaque fois que je devais lui demander quelque chose, j'en étais malade. J'étais persuadée qu'il allait un jour tomber de son échelle, dégringoler dans l'escalier, ne plus pouvoir retenir la grosse porte d'entrée et que celle-ci l'écraserait. Je l'entourais de mes attention ceci attention cela et ça lui faisait plaisir je crois. Il me disait «Vous êtes pire que ma femme, madame Sonia».

Il leur arrivait de garder Anna les après-midi. Leur petit deux-pièces sentait bon les pâtes chaudes et fraîches et Mme Santullo m'avait appris qu'il n'y a que deux façons de faire la sauce tomate. En trois minutes, sur feu fort, et que ça éclabousse de partout ou alors, deux heures, sur petit feu, « *piano, piano* ». J'allais aussi de temps en temps prendre un verre chez eux, on s'asseyait à trois autour de la petite table avec la nappe en toile cirée vert pomme, toujours propre mais la même depuis des années. Mme Santullo dont je ne connaissais pas le prénom, poussait un peu les papiers car c'est elle qui tenait les comptes des petits travaux qu'effectuait M. Santullo. « Emilio », disait-elle, en ne prononçant presque pas le E du début, faisant ainsi glisser le prénom de son mari sur sa langue. Je ne sais pas si elle se rendait compte de la douceur et de l'amour qu'elle donnait à ce prénom… Mme Santullo nous servait une petite liqueur de melon, une grappa ou alors, quand le couple rentrait de vacances d'Italie, elle ouvrait un lacrima-christi, un vin blanc qui me faisait plisser les yeux et éclater plein de saveurs inconnues sur la langue. Ils avaient de ces petits tabourets en bois où l'on devait se tenir droit, les coudes appuyés sur la toile cirée. Mme Santullo changeait tous les 31 décembre les petits rideaux en dentelle à la porte de la loge. Pour accueillir la nouvelle année, disait-elle. Elle passait son temps à cuisiner, à faire les comptes de son mari, à distribuer le courrier et à surveiller son Emilio. De quoi parlions-nous ces après-midi-là, quand j'étais assise avec eux dans cette cuisine vivante, sous la carte jaunie de l'Italie au mur, Anna dehors, dans le couloir, courant avec ses amis, riant, riant à gorge déployée. Elle était une petite fille rieuse à Paris. Je ne me souviens plus de quoi nous parlions mais je me souviens de la tendresse qu'il y avait entre eux, toujours, de ces sourires indulgents qu'ils s'échangeaient, de cette complicité silencieuse entre deux personnes qui se connaissent par cœur, qui pourraient finir les phrases de l'un ou de l'autre mais qui ne le font pas par respect. Ce même respect qui leur fait écouter sans fin les mêmes histoires de l'un ou de l'autre en souriant.

Puis, lentement, Mme Santullo a changé. Je ne m'en suis pas rendu compte tout de suite, je pensais que, l'âge venant, elle supportait de moins en moins de courir toute la journée et de s'occuper de son mari comme d'un enfant. Un jour, alors que nous étions tous les trois, elle, son mari et moi, en pleine conversation animée, ses yeux se sont vidés de tout éclat, de toute émotion, elle nous a soudain dévisagés comme si nous étions des étrangers. Elle s'est ensuite levée, a ouvert la porte et nous a demandé de partir. M. Santullo s'est alors approché d'elle et l'a doucement emmenée dans leur chambre en lui chuchotant mille choses à l'oreille. Les autres locataires disaient qu'elle perdait la tête, la pauvre Mme Santullo, elle oubliait la casserole sur le feu, laissait le courrier sous la pluie, ne remplaçait plus les petits rideaux en dentelle, ne changeait plus ses robes-tabliers à fleurs. Mais Madeleine, ma voisine, qui était infirmière à l'hôpital, m'a dit qu'elle avait sûrement la maladie d'Alzheimer. Je ne savais pas à cette époque ce qu'était cette maladie et Madeleine, avec son talent de dire beaucoup de choses en peu de mots, m'a dit que c'était l'oubli de tout. J'ai pensé qu'un jour elle n'allait plus reconnaître du tout son Emilio, ne plus savoir comment il s'appelait, ne plus dire « Emilio » avec tant de patience et de délicatesse et que, à lui, ça manquerait terriblement de ne pas entendre son prénom dit avec tant d'amour.

Quelques mois plus tard, Mme Santullo a disparu. Elle est sortie chercher le pain et, trois heures après, elle n'était pas rentrée. Anna et moi étions prostrées dans notre appartement, rideaux tirés, ventilateur tournant à plein régime, buvant des litres et des litres d'orangeade. Il faisait si chaud ce jour-là. Une chape de soleil sur Paris. M. Santullo est venu frapper à la porte, répétant « Ma femme est partie, ma femme est partie ». Nous l'avons cherchée, tous les trois dans un Paris vidé de ses habitants, sous un ciel d'un bleu unique, un bleu étincelant, presque aveuglant et les rares personnes que nous croisions rasaient les murs tellement la chaleur cognait. Anna prenait cette recherche très au sérieux, dans sa tête d'enfant, peut-être que cela ressemblait à une chasse au trésor… Elle était attentive, regardait derrière les poubelles, n'hésitait pas à entrer dans les cours d'immeubles et elle criait parfois « Madame Santullo ! Madame Santullo ! ». Nous l'avons retrouvée trois heures plus tard, assise sur un trottoir, dans une toute petite rue, à côté du cimetière de Montparnasse. Elle avait les yeux dans le vide, les pieds nus, les lèvres blanches et sèches. Sa tête pendait sur son cou comme une marionnette épuisée et elle chuchotait « Emilio, Emilio, Emilio ». Nous avons essayé d'arrêter une voiture mais en vain. Soufflant et suant, nous avons donc porté Mme Santullo jusqu'à la loge. Quand on l'a couchée et qu'elle a ressemblé à un enfant, loin de tout, épargnée de souvenirs et de passé, Emilio Santullo m'a dit « Vous comprenez, madame Sonia, elle a trop réfléchi dans sa vie ».

Cette phrase m'avait laissée sans voix et, aujourd'hui, je me demande si c'est le sort qui m'attend, moi aussi. Qu'à trop réfléchir, qu'à trop me perdre dans mes pensées, je finirai par me perdre dans ma vie tout court.

J'entends au rez-de-chaussée des éclats de voix

joyeux, des ordres, des chaises qu'on bouge, des cliquetis, des grands bruits de caisses qu'on jette par terre, des portes qu'on claque et des pas pressés. Tout à l'heure, en rentrant, à part la dame rondelette, je n'ai vu personne. J'entends aussi des voitures qui crissent sur le gravier et les freins à main qu'on remonte sec et haut, à cause de la pente sûrement. J'avais oublié que c'était après tout un mariage, qu'il y aurait du monde, à boire, à manger, qu'il faudrait sourire et faire semblant d'être heureux. Devant la porte d'Anna, je tends l'oreille. On y rit. Je toque quelques coups et j'entre. Anna a une chambre à peu près semblable à la mienne. Elle est face à la fenêtre, le visage offert et une maquilleuse est penchée sur elle. De loin, bien que je ne me sois pas annoncée, elle m'appelle, la bouche à demi fermée par les gestes de la maquilleuse qui lui peint les lèvres. Elle a revêtu sa robe de princesse. Sa blancheur, les petites fleurs sur ses cheveux lui donnent un air de tendresse qui m'émeut. Je me mets à côté de la maquilleuse, une jeune femme avec trop de fond de teint, les yeux en noir gothique et les lèvres nues. Anna a les yeux fermés, la bouche entrouverte, les mains posées sur sa jupe blanche, une grande serviette autour du cou. Elle sourit un peu parce qu'elle sait que je la regarde et dit « Qu'est-ce que tu en penses ? ». Je me penche vers elle et lui souffle qu'elle est belle.

Cette phrase à peine sortie me semble idiote, tant de gens vont lui dire cela aujourd'hui, n'est-ce pas ce que l'on dit des mariées comme on dit des bébés qu'ils sont mignons ? Je voudrais trouver quelque chose qui soit à moi, à elle. Mais le moment est passé, je l'ai raté. La maquilleuse fait des mélanges savants sur le dos de sa main, à l'endroit précis où la chair est plus rebondie, entre l'index et le pouce, et applique cette mixture pâle avec attention sur le visage de ma fille. Elle lisse son teint, lui fait une peau parfaite, une peau irréelle. Je lui dis, un peu trop sévèrement peut-être, qu'il ne faut pas qu'elle couvre le grain de beauté d'Anna sur le haut du sourcil gauche, et ma fille sourit. Dans la chambre entre à ce moment Nina, qui vient vers moi en sautillant et m'embrasse bruyamment. Je lui prends le visage entre mes mains et je me souviens de la petite fille qu'elle a été, fouillant dans mes cartons, faisant une tour de protection, princesse d'un jour dans son château fait de vieux livres. Elle me dit « Vous avez mis une robe ! ». Anna glousse, je fais mine d'être piquée au vif, Nina se marre et nous sommes là, comme dans les films, des filles autour d'une mariée, rieuses, faisant des blagues… En effet, je ne mets que des vieux jeans, des T-shirts ou alors des saris quand je sors. J'en ai de toutes les couleurs, ça me fait une allure de grande dame indienne, mais j'en avais pas envie aujourd'hui. Envie de me fondre dans ce mariage à la française, à l'occidentale, avec du riz et des pétales de roses qu'on jettera aux mariés, un gâteau à étages, des coupes de champagne, une valse, des violons, des fleurs pastel et bien comme il faut. Pas de tambours, pas de safran, pas de prêtres chantant des psaumes incantatoires, pas de fumée camphrée, pas de feu, pas de fleurs rouges, pas d'épices, pas de sari, donc. Anna se lève et sa robe lui prend le corps parfaitement. Elle aura tout à l'heure un bouquet d'arums aux tiges vertes coupées court, aux fleurs bien fermées. Nina lui dit « Tu es belle, Anna ! ». Voilà, c'est le début des phrases toutes faites, des phrases pas faites. Nina sera demoiselle d'honneur, elle a une robe rouge courte pincée sur les hanches et évasée sur les jambes. Elle sautille dans la chambre, se regarde dans le miroir de l'entrée, arrange sa barrette qui retient sa mèche sur le front. Peut-être se demande-t-elle si on va quand même la remarquer aujourd'hui ?

Je prends le bras de ma fille, elle me dépasse un peu avec ses hauts talons et quand je la regarde attentivement en biais, je ne vois plus son grain de beauté sur son sourcil gauche. Dehors, une voiture klaxonne et Anna dit « On va être en retard ». Quand on descend, Yves est à côté d'une voiture parée avec deux bandes blanches de chaque côté, un bouquet sur le capot, retenu comme par magie. Il a revêtu une veste bleue, comme ma robe, une cravate jaune soleil d'hiver et attend, droit, solennel.

Je pense à Matthew, aux pays qu'il a habités, à celui qu'il traverse en ce moment, à ce qu'il pense à ce moment précis. A-t-il le moindre pressentiment de ce qui se passe ? A-t-il un serrement au cœur à cet instant-ci, un battement plus rapide que les autres qu'il ne saura expliquer, une émotion venue d'ici, de cette cour immense, avec cette forêt épaisse et ces champs de colza, pendant que sa fille se marie et qu'un autre que lui joue au père ?

6

En trois minutes, nous y sommes. Le village est au bas de la côte. Nous attendons derrière la mairie, un peu comme des voleurs, en silence, le temps que la famille du marié s'installe. Artemare est un village vieille France : la mairie, le groupe scolaire en vis-à-vis, l'église plus loin, quelques vieilles Renault 12, une épicerie qui fait dépôt de pain-tabac-presse, des volets fermés. Puis, le téléphone d'Éric sonne et il dit : « C'est bon, on arrive. »

Tout est si réglé, j'ai peur de parler, de respirer. Je me demande ce qui se passe dans la tête de ma fille à ce moment : pense-t-elle à son père, à ces années passées avec moi dans un huis clos silencieux ? À ce jour où je lui ai dit que son père était un amour de jeunesse et qu'il m'était impossible de le rechercher, ne sachant où commencer ? À ce jour où je lui ai avoué que son père ne savait rien de sa venue au monde et qu'elle a pleuré en me traitant d'égoïste ? À ce prénom qu'elle m'a arraché et qu'elle a fait danser dans sa tête et dans sa bouche

des jours et des jours entiers ? Matthew. Matthew.
À ces détails qu'elle recherchait et que je ne lui
donnais pas ? Cruelle, cruelle j'ai été mais comment
lui dire que c'était trop tard pour faire marche
arrière, pour revenir au temps où elle était dans
mon ventre, où j'avais encore le choix de dire ou
de ne pas dire ? Comment lui faire comprendre
que son père avait des rêves dont elle ne faisait pas
partie et que, par amour, je n'ai pas voulu lui
imposer un enfant ? Je dis par amour, mais est-ce
vraiment par amour qu'on ne dit pas à un homme
qu'on attend un enfant de lui, un homme qu'on a
aimé et qui vous a aimée ? Ne serait-ce pas plutôt
la preuve parfaite de mon égoïsme, de ma lâcheté ?
Peut-être aurait-il été heureux finalement d'être
papa. Mais, ce chemin jonché de « peut-être » est
glissant, je ne regrette pas le choix que j'ai fait il y
a vingt-quatre ans, je ne veux pas le regretter. Ça
ne sert à rien, c'est vraiment trop tard. Je sais qu'à
l'école, elle racontait que son père était un nomade.
C'était un mot qu'elle avait trouvé par elle-même.
Matthew nomade. Souvent, la nuit, je rêve que je
suis devant des jurés mais je ne sais pas de quoi je
suis accusée. Je me réveille alors avec le sentiment
désagréable d'être accusée d'avoir mal élevé ma
fille. J'ai fait du mieux que j'ai pu, oui, j'ai fait du
mieux que j'ai pu, avec ce que je savais. Je ne me
suis jamais installée avec un homme, je n'en ai
jamais ramené à la maison. Je ne suis jamais rentrée
avec un amoureux, je ne voulais pas qu'Anna ait

l'impression que je n'étais plus là, moi et son père absent réunis, l'impression que je l'abandonne. J'ai donné tout ce que j'ai, enfin je crois. C'est si difficile d'être une mère, je ne sais pas comment font ces autres à qui tout réussit, les gamins par deux trois, le sourire aux lèvres constamment, le geste assuré, les enfants qui grandissent sans heurts, les cheveux toujours bien coiffés, la raie sur le côté, la confiance en tout, en tout. Je me souviens quand j'accompagnais Anna au square ou aux fêtes d'école, j'étais toujours admirative des autres mamans, buvant leurs paroles de sages, essayant de mimer, de faire pareil.

J'ai peut-être donné à Anna tout mon amour mais je ne lui ai pas donné une famille. Je le vois bien aujourd'hui : pas de tantes, pas de cousins, de frères, de neveux et de nièces. Dans ce mariage, je ne connais que peu de personnes. Yves, Nina, quelques amis d'Anna peut-être. Demain, le couple marié se fera d'autres amis, une autre famille et s'éloignera de plus en plus du cercle de solitude que je représente. Je finirai seule, avec mes personnages de roman et, comme un livre, je prendrai la poussière et on m'oubliera.

J'entre la première dans la mairie, les gens se retournent sur moi, je souris les yeux baissés, je reconnais Alain, là-bas, devant, qui attend et qui me fait un signe de la main. Il y a beaucoup de femmes avec des chapeaux et j'ai bien l'impression d'être ridicule avec mon chignon laqué. Au moins aussi ridicule que le maire avec sa ceinture tricolore en travers de la poitrine et qui fait ressortir son ventre. On dirait une ceinture de grossesse mise de travers. Je m'assieds quelque part au milieu, je fais du bruit avec ma chaise, mes mains deviennent toutes moites, je voudrais être ailleurs. Mais, très vite, Nina entre, et ensuite Anna, avec sa belle robe sage et son bouquet d'arums, aux bras de Yves. Les gens sourient et, quand elle arrive devant eux, je me rends compte que je ne vois pas grand-chose, les couvre-têtes devant moi me font barrage. À côté de moi, il y a un couple que je ne connais pas, en grande tenue. Ça va très vite et à cause d'une soufflerie, je n'entends presque rien. Des papiers à signer, des noms énumérés, deux «oui» soufflés, même pas de baiser, et c'est terminé. Anna et Alain sortent, ils ne nous attendront pas, le vrai mariage ce sera dans une heure, au château. La mère d'Alain, que j'ai rencontrée une seule fois, s'avance vers moi, les mains tendues. Elle dit «Ah, les enfants grandissent trop vite!». Elle m'embrasse bruyamment, me présente à plusieurs personnes dont je ne retiens ni les visages ni les noms.

Quand je sors de la mairie, seule, le soleil m'éblouit. Yves m'attend, à côté, il fume une cigarette et me fait signe avec la tête de m'approcher. Je regarde autour de moi, comme si j'étais sur le point de voler quelque chose et je coule vers lui, vers la cigarette qu'il me tend. Les gens partent, vite, je ne comprends pas pourquoi tant sont venus à la mairie, j'essaie de retenir l'empreinte de quelques visages mais la cigarette est trop délicieuse pour que je puisse m'intéresser à autre chose. Soudain, un taxi s'arrête et un homme grand, les cheveux blondis par le soleil en sort rapidement. Il redresse sa veste, fait claquer sa paume plusieurs fois sur son pantalon comme s'il sortait d'un halo de poussière, s'engouffre dans la mairie, en ressort aussitôt, la mine désolée. Il regarde autour de lui, me voit, moi et la cigarette que je tire avec délices et il a une expression merveilleuse. Il hausse un peu les épaules, pince les lèvres en une grimace moitié honteuse moitié rieuse. Il est en retard, il s'en excuse auprès de moi, pourquoi moi, peut-être parce que je suis la seule à le regarder à ce moment-là ? Yves cherche une autre cigarette dans sa veste, les gens s'engouffrent dans les voitures, quelques jeunes rient fort et les mariés ne sont plus là. Je suis la seule qui le voit et, par mimétisme, je fais la même chose que lui, je hausse les épaules, mi-sourire, mi-expression gênée. Puis, comme si nous avions six ans et commis une grosse bêtise ensemble et que forcément nous allions y passer mais que du haut de nos six ans, on s'en fichait un peu, qu'importe, nous restera bien sûr le souvenir délicieux de cette transgression de gosse, l'homme en retard et moi avec ma cigarette, nous rions. Lui, en rejetant la tête un peu en arrière mais sans jamais me lâcher des yeux, moi en pouffant sur une bouffée que je n'ai pas avalée. Deux gamins espiègles et turbulents, voilà ce que nous sommes à ce moment-là. Une grande femme en chapeau vient vers lui, l'embrasse et, avant de la suivre, il me fait un petit signe de la main.

— Tu le connais ?

— Non.

J'aurais tellement envie de dire oui à Yves, oui, je le connais. Je ne sais pas pourquoi, à ce moment-là, j'ai l'impression que connaître cet homme m'aurait aidée à traverser cette journée.

Le vent se lève un peu, Yves et moi regardons le ciel d'un même mouvement de la tête. Le village, ce samedi après-midi est désert. Artemare est longé par une route départementale, on voit les vignes sur les côtes, quelques fermes plus loin, éloignées les unes des autres. Ici on ne vient même pas l'été, on y passe, comme nous, comme tant d'autres, un week-end dans une ferme auberge pour manger des poulets à la crème, des grenouilles et s'en mettre plein la panse, — un mariage dans un château, ou un hasard. Éric nous reconduit vers le château ; j'ai comme l'impression que la journée, comme les nuages au-dessus de nos têtes, s'accélère tout à coup. Je me souviens de ce matin quand je me suis réveillée avec le soleil, de notre thé ensemble, de notre intimité ma fille et moi quand nous nous sommes serrées dans les bras, j'ai la désagréable sensation que c'est loin tout ça, si loin. J'aurais voulu qu'Anna m'ait donné des responsabilités, des choses à faire, des gens à voir, à accueillir ;

mais non, elle m'a remis une liste avec des heures et des endroits où je dois être. Juste être là.

Quand nous arrivons au château, je m'étonne de tout ce qui a pu être fait pendant que nous étions à la mairie. Devant la forêt, face à son épaisseur et à sa toufferur un peu effrayante, une sorte d'autel est dressé, comme une tonnelle, tendu par un voile blanc. Une dizaine de rangées de chaises blanches, écartée au milieu par une allée, bordée par des fleurs vertes, rouges et des rubans blancs. Cela ressemble à un décor d'une de ces séries américaines qui passent le matin à la télévision. Les musiciens, un guitariste, un flûtiste, un violoniste s'accordent, se parlent, ça fait une conversation de mots, de notes, de gammes mélangées. Avec le vent qui se lève et qui tend la toile de l'autel, je m'approche d'eux un peu ; je laisse Yves derrière moi, les autres invités qui se sont installés en petits groupes autour du château. Je leur souris, je dis pour la première fois de la journée « Je suis la maman de la mariée », et ils se lèvent tous les trois, je m'attends presque à une révérence, « Ah, la maman de la mariée, compliments, compliments, quelle belle journée, quelle belle fille vous avez, que vous devez être heureuse », mais ils me serrent la main en silence et puis se rasseyent, tout à leurs accords et désaccords. Je me sens intruse et je me dis que c'est ce que les autres doivent ressentir quand je suis comme ça, en concentration, tout à mes mots, mes phrases et mes vies rêvées.

Je me retourne pour repartir et je vois le grand monsieur en retard de tout à l'heure, il s'est recoiffé mais le vent lui renvoie constamment les mèches sur les yeux. Il a mis une cravate rouge, revêtu une veste noire, une chemise beige. Il a cette élégance facile que peuvent avoir certains hommes. Être tiré à quatre épingles, complet, cravate, boutons de manchettes, chemise italienne à col gansé, chaussures cirées et pourtant donner l'impression d'être à l'aise. Nous nous approchons l'un de l'autre en souriant. Il me tend la main, comme s'il me connaissait, je la lui prends, essaie de faire bonne figure en lui donnant une bonne poigne mais ce n'est pas une poignée de main qu'il veut. Il emprisonne ma petite main dans les siennes et il dit « Vous êtes la maman d'Anna ? Je suis le papa d'Alain ».

La maman et le papa. Pas dans le bon ordre, certainement, pas comme il faut, pas avec les conjoints qu'il faut mais comme ça dans la même phrase, n'importe qui se tromperait. Il n'y a qu'un pas vers mari et femme, amant et maîtresse, amoureux et amoureuse. Il dit maman et papa et ça nous redonne une mine d'enfants qui nous refait sourire comme tout à l'heure. Ses deux mains sont fermes, juste un peu rugueuses à la naissance des doigts et je serais restée longtemps comme ça, en confiance. Derrière nous, les musiciens, la forêt, les champs de colza, le ciel et le vent. Ce vent qui fatigue mon chignon, fait voler quelques mèches autour de ma tête qui se collent à mon visage. Le papa d'Alain lâche de sa main gauche ma paume, ses doigts s'approchent de mon visage, il va prendre la mèche, me la remettre derrière l'oreille en suivant la courbe jusqu'à me caresser le lobe, voilà c'est ce qu'il va faire, cette caresse me fera l'effet d'aiguilles me taquinant sur tout le corps, il est à trois centimètres de mes yeux, je vois ses grands doigts, les lignes sombres et longues sur sa paume mais tout à coup l'intimité de ce geste nous surprend tous les deux, je fais un pas en arrière et il laisse en même temps tomber sa main. Mon cœur a des ratés, j'ai des papillons qui se réveillent dans mon estomac. On se regarde intensément une fraction de seconde, puis il sourit, s'écarte pour me laisser passer.

Mes jambes me portent mal, je voudrais essayer de marcher dignement. Quand j'ai acheté cette robe, je l'avais choisie pour les motifs discrets qui courent le long du décolleté du dos et qui semblent accompagner la courbe des hanches, se multiplier avant de disparaître dans le tissu. Anna m'avait demandé pourquoi de si beaux motifs se trouvaient à l'arrière d'une robe et je lui avais répondu que c'était pour les hommes qui me suivraient du regard. Elle avait ri, mon Anna chérie, comme si j'avais fait une blague, que j'avais inventé cela sur le moment et que, de toute façon, personne ne suivrait sa mère du regard. Et là, tout à coup, je pense à cela, je sais qu'il est derrière moi, je sais qu'il me suit du regard. Je vais rejoindre Yves, là-bas sur le haut des marches. Il est droit comme un balai, il sent bon, il a dû se remettre du parfum. Il attend le signal pour aller chercher Anna.

C'est un pasteur qui célébrera le mariage. Il est là, près de nous, en robe pourpre comme un cardinal, le geste ample, le sourire collé aux lèvres, les pas lents et amples aussi, comme s'il marchait sur une valse que lui seul entendrait. Nina descend l'escalier, elle fait signe à Yves, au prêtre. Celui-ci nous invite, toujours avec des gestes amples, à nous asseoir. Je m'installe, comme me le montre un ami d'Anna, à droite, dans la première rangée. Il n'y a personne d'autre que moi. De l'autre côté, il y a la famille d'Alain, au grand complet. Sa maman, Évelyne, avec son grand chapeau rose qu'elle retient d'une main, le papa d'Alain à côté d'elle, je vois sa tête blonde qui dépasse du chapeau de sa femme, de son ex-femme. À côté d'eux, il y a une vieille dame avec un visage très doux. Parfois l'âge réussit cela, au lieu de creuser les traits, il les adoucit, les rides font des sourires aux yeux, la peau devient duveteuse et douce comme celle d'un bébé avec simplement les sillons en plus, les paupières se sont un peu affaissées sur les yeux mais juste assez pour effacer la dureté du regard.

Les autres invités s'installent, je reconnais des amis d'Anna, des collègues à elle qui sont déjà venus à la maison et puis d'autres qui me sourient poliment, maintenant ils savent que c'est moi, la maman d'Anna puisque je suis assise là. Alain s'avance, seul, il est suivi d'Éric. Il se met de mon côté, près de moi, je lui touche le bras avec tendresse, enfin j'espère. Il me sourit, concentré, un peu tendu et là, le flûtiste commence à jouer *Only you* des Platters. Sa musique enfle dans les arbres, on n'entend plus que ça. Nous nous levons et ma belle et unique fille apparaît avec Yves. Elle a un voile fin qui lui recouvre tout le visage et le cou, elle a entouré son bouquet d'un épais ruban rouge. À côté d'elle, Yves sérieux, droit. Il lui tient la main, comme un amoureux, et je trouve ça touchant. Derrière eux, il y a les demoiselles d'honneur, en rouge. Derrière eux encore, sur le haut des marches, je vois une femme aux cheveux de jais qui jurent avec sa peau claire. Elle porte deux doigts à son oreille, comme les agents des services secrets dans les films, elle parle en se cachant la bouche. Tout est parfait, réglé, à sa place. Quand la musique s'arrête, le vent reprend et fait claquer la tenture beige. Le prêtre dit les mots qu'il faut, les mots des films, les mots mis en scène. Je n'écoute pas vraiment. Je regarde ma fille regarder son époux. Le voile lui fait un visage d'ange, ils se tiennent par la main, sa poitrine est calme, elle est concentrée, centrée, elle ne sourit pas, elle reconnaît la gravité de ce moment. Sous le voile, ses cheveux ont l'air plus clairs qu'ils ne le sont en réalité.

Jusqu'à ses sept ans à peu près, Anna était une blondinette bouclée. Je la regardais dormir le soir et je me demandais comment j'avais pu donner naissance à un être si différent de moi. Comme si, pour compenser l'absence de son père, elle avait pris tout de lui. Sa pâleur, ses cheveux légers et bouclés à l'anglaise, sa peau fine, cette rougeur aux joues quand elle est en colère ou fatiguée. Je la regardais, je voyais Matthew. Sans les grains de beauté, mais sa fille quand même. Sur les conseils d'une amie du magazine, j'avais un jour coupé une mèche des cheveux d'Anna, une virgule blonde et douce, une apostrophe tendre que je garde précieusement dans un parchemin de cuir et qu'Anna demande à voir régulièrement. Elle prend alors doucement la mèche entre ses doigts, l'approche de ses cheveux maintenant longs, droits, presque noirs comme les miens, elle dit, immanquablement, chaque fois « C'est pas croyable ! ». Elle regrette ses cheveux blonds, elle est persuadée qu'elle serait plus jolie avec mais elle sait combien ça me rend triste les cheveux blonds. C'est la raison pour laquelle nous avons quitté Paris.

Anna avait six ans, nous habitions rue du Château dans le quatorzième arrondissement depuis quatre ans déjà, j'y avais mes petites habitudes, M. et Mme Santullo, quelques voisins qui étaient gentils et discrets, une cour avec des vélos — rien ne vaut une cour avec des vélos, ça veut dire qu'il y a des jeunes, des garçons, des innocents encore qui font dring dring, qui pédalent, qui croient à l'effort, des jeunes filles peut-être assises sur le cadre — et, surtout, un mur en vis-à-vis avec des glycines violettes au printemps. Je n'ai plus jamais vu de glycines comme cela. Dès le mois d'avril, elles prenaient tout le mur voisin, éclataient en grappes, on aurait dit du raisin, on aurait dit un dessin kitsch d'une mythologie grecque, elles restaient jusqu'à fin mai parfois, devenaient vieilles et presque blanches mais je les couvais chaque jour, pendant leur courte vie, je leur parlais de loin. Je travaillais à la maison le matin, j'écrivais dans la petite cuisine, toujours à la main. J'en garde encore une callosité sur mon majeur, ça le déforme et j'en ai fait un tic : quand je réfléchis, je frotte rapidement cette excroissance dure comme si de là allait sortir un génie qui m'offrirait trois vœux. Anna était à l'école, à deux cents mètres de l'immeuble, j'allais la déposer le matin. Ça nous prenait cinq minutes à tout casser mais elle laissait sagement sa petite main dans la mienne, pour que le fait que sa mère l'accompagne ne soit pas anodin, pour que ça ait un sens. Les enfants, je crois, aiment bien les rituels. C'était le nôtre, tous les matins. À onze heures, je me préparais pour aller travailler, je prenais le bus pour écouter la conversation des gens, pour voler un peu de leur vie, à cette heure il n'y avait que des vieux qui parlaient haut et qui me saluaient d'un « Bonjour madame » bien respectueux et à qui je laissais ma place quand le bus était bondé. J'arrivais au journal, derrière l'église Notre-Dame-de-Lorette et je travaillais sans arrêt jusqu'à dix-huit heures. Je corrigeais, je remettais en forme, je retravaillais un titre, j'éliminais systématiquement les jeux de mots. Je n'aime pas cela, les jeux de mots, c'est tellement franchouillard, comme une reconnaissance entre eux, aliénant tous ceux qui ne seraient pas français et même un dictionnaire ne pourrait les aider. Qui d'autre que les Français comprennent et peuvent rire de «Comment vas-tuyau de poêle?»? Aujourd'hui, parfois, dans ma tête, à mon grand désarroi, me viennent les jeux de mots, les associations faciles et je fais des efforts pour ne pas les dire, c'est ma seule façon d'être digne, différente et vivante. Ne pas se laisser embarquer dans «et toile à matelas?».

Anna était gardée par une jeune fille, une Anglaise, et quand j'arrivais à dix-neuf heures, on parlait au moins un quart d'heure en anglais, devant Anna, pour Anna, qui soupirait comme une vilaine adolescente. Les jours de bouclage du magazine, Anna restait chez une copine, chez Mme Santullo, en bas, ou chez Madeleine, ma voisine espagnole supersexy. Elle préférait de loin aller chez Madeleine. Ensemble, elles regardaient des films espagnols, Madeleine mettait des ballades tristes, dansait sur ses hauts talons et, pour Anna, c'était très probablement exotique — un mot qu'elle n'a pas le droit d'utiliser devant moi. J'ai peu de règles pour ma fille mais celle-là en est une. Le mot exotique n'est pas un mot juste, pas un juste mot, c'est un à-peu-près dû à l'ignorance et au paternalisme. Un exotique n'est jamais intelligent. Un exotique n'est jamais un Prix Nobel. Un exotique c'est toujours un peu un con, qui ne connaît pas les choses de ce monde, un gentil, un arriéré.

On s'était installées dans cette petite vie-là, sans grandes surprises, mère et fille essayant de faire de leur mieux. Parfois je me disais que je vieillirais bien ici, avec le frigo qui fait du bruit et les dessins d'Anna en couleurs punaisés au mur. Je me sentais protégée, je pouvais marcher dans la rue en fermant les yeux et laisser Anna jouer des heures au square plus haut et les voix des enfants qui portaient jus-qu'à moi. Mais rien ne se passe comme prévu, surtout si on y a rêvé.

Un samedi, Anna avait six ans tout juste, nous sommes allées faire des courses dans un grand magasin à la porte d'Orléans. Il y avait un monde fou, des familles entières avec des caddies, des voix nous haranguant constamment au haut-parleur. Anna voulait des bonbons roses, des trucs entiè-rement chimiques qui pétillent sur la langue et qui font plisser les yeux d'aigreur et de plaisir. Je ne sais pourquoi, j'avais décidé d'exercer mon autorité ce jour-là. Je ne sais pas choisir mes moments, quand dire non, quand dire oui, souvent je me trompe et, là, c'était non. Un non catégorique comme si ces foutus bonbons à deux francs allaient la gâter pourrir, faire d'elle un enfant roi. Je ne sais pas à quoi je pensais. Ça devait être tout ce bruit, cette foule qui se jetait comme un seul homme sur les rayons, qui achetait, achetait, achetait, pres-sentant une fin du monde proche. Anna me suivait dans les rayons en trépignant et je sentais la colère monter en moi. J'ai menacé d'une bonne fessée, une fessée pour des bonbons, qu'est-ce qui m'a pris, moi qui n'ai jamais frappé ma fille. Elle a ouvert grand les yeux, je me souviens de ses yeux ronds écarquillés, son menton a commencé à trembler et j'ai dit d'une voix ferme et forte que la fessée ce serait aussi pour une crise de larmes, si elle persistait comme cela. Je continuais à avancer en poussant mon caddie, en menaçant ma fille, en râlant comme une vieille aigrie, cherchant désespérément le lait, ils font tout le temps exprès de déplacer le lait pour qu'on tourne en rond comme des bourriques.

Tout à coup, je me suis retournée et Anna n'était plus là. Je me souviens que je n'ai pas eu peur au début, j'ai juste pensé que la fessée, elle l'aura bien méritée. J'ai appelé fort, « Anna ! ». Mais les gens passaient à côté de moi sans me voir, les allées étaient chargées et, tout à coup, tous ces clients anonymes se sont transformés en menaces. Des types avec des regards vicieux, des femmes énormes qui mangeraient des petites filles perdues, des enfants turbulents qui lui donneraient des coups, des boutonneux qui la plaqueraient dans un coin pour la menacer ou bien pire. Qu'avais-je fait ? J'ai laissé mon caddie là et j'ai commencé à l'appeler plus fort « Anna ! Anna ! ». Elle n'était nulle part, je sautais pour essayer de l'apercevoir par-dessus les têtes, je me penchais au ras du sol, ma joue contre le sol froid et poisseux, pour essayer d'identifier ses petites chaussures rouges, cadeau de Madeleine. J'avais perdu ma fille, aucune mère ne fait ça. Je demandais à tout-va «Avez-vous vu une fillette blonde avec des chaussures rouges?». Je ne me souvenais plus de ce qu'elle portait, son manteau bleu ou son manteau jaune, pourquoi je ne fais pas attention à ce genre de choses. En moi se mélangeaient l'urgence, la peur, la culpabilité et, déjà, la perspective du pire. Les gens s'arrêtaient devant moi mais je n'écoutais pas, je demandais ma fille mais je n'écoutais personne. J'ai l'impression d'avoir cherché longtemps et soudain, le haut-parleur a grésillé et une voix a empli le magasin «La petite Anna attend sa maman à l'accueil. La petite Anna attend sa maman à l'accueil».

J'ai eu, à ce moment-là, la même montée d'adrénaline que j'avais au début d'une course quand j'étais jeune et que j'étais une petite championne de sprint. Une détermination comme j'en avais plus eu depuis des années. Je me suis tournée et j'ai sprinté comme si j'avais quinze ans. Je suis sûre que j'ai fait ce jour-là ma meilleure performance, sans adversaires, rien que pour retrouver ma fille. Mes pieds touchaient à peine le sol, je slalomais entre les caddies, évitant des dizaines d'enfants, ne renversant rien, portée par une énergie mystérieuse.

À l'accueil, elle était là, les joues mouillées, le pouce dans la bouche. Je me suis lancée pour la prendre dans mes bras, la serrer, lui demander pardon, pardon, mais là, arrêtant d'un coup mon élan, un grand type avec des grosses mains que je n'avais pas remarqué. D'une voix grosse, forcément grosse, il m'a demandé :

— Qui êtes-vous ?

— Mais je suis la maman de la petite, la maman d'Anna.

Il avait une veste verte, une sorte de blazer horrible en synthétique qui faisait scratch scratch quand il bougeait les bras. Il me barrait ma fille de toute sa hauteur et sa carrure. Tout en me retenant par l'épaule d'une main, il s'est retourné pour regarder Anna, m'a regardée une fois, deux fois, puis il m'a écartée comme il écarterait une groupie excitée et sa voix grosse, forcément grosse, s'est élevée.

— Ce n'est pas possible.

— PARDON ?

Je n'ai pas reconnu ma voix, haut perchée, aiguë. Il a répété calmement, en me regardant dans les yeux, comme tout à l'heure j'avais fait pour Anna en brandissant la menace de la fessée de sa vie. Il a répété en détachant les mots, comme s'il parlait à une débile :

— Ce n'est pas possible, madame.

Ce n'est pas possible !? Jamais je n'ai été aussi en colère de ma vie, mes mains me démangeaient de le gifler, de lui donner un coup là où ça fait mal, j'avais l'impression d'être en danger, qu'il me menaçait. Je sentais une force surnaturelle grandir en moi, une force d'homme, quelque chose qui m'était inconnue jusque-là et avec laquelle rien, rien au monde ne m'aurait résisté. Ce-n'est-pas-possible.

Je me suis jetée sur lui et tentais d'agripper Anna, mon cœur s'emballait, les larmes étaient là, elles débordaient, je n'y pouvais rien, je hurlais.

— Mais lâchez-moi, lâchez-moi !

Il y avait déjà un attroupement qui s'était fait mais je m'en fichais bien et c'est alors qu'Anna s'est approchée et, de sa voix calme, elle a dit :

— C'est ma maman.

Le malabar s'est agenouillé devant elle, lui a demandé de répéter et elle l'a fait tranquillement.

— C'est ma maman.

En l'espace d'une minute, j'avais entendu la pire insulte qu'on m'ait jamais faite et la plus belle phrase de mon existence. Anna s'est approchée de moi, elle a glissé sa petite main moite dans la mienne et là, j'ai vu ce que le vigile avait vu. Une blonde bouclée en pleurs, la peau fine et rouge de dépit, une petite Française, et une femme hystérique, brune, les cheveux noirs, une étrangère. J'ai soulevé Anna, elle a lancé ses mains autour de moi, a enfoui son visage dans mon cou, m'a serrée fort, aussi fort que ses petites mains de fille perdue le pouvaient, elle a enroulé ses genoux autour de ma taille, nos deux corps se sont imbriqués, elle m'a semblé si légère, comme si j'étais faite pour la porter et pour ne rien faire d'autre dans ma vie.

Le sbire au blazer synthétique a commencé par

balbutier des excuses mais je l'ai arrêté avec la première insulte qui m'est venue à l'esprit, moi qui ne jure presque jamais, surtout pas devant Anna. J'ai détaché les syllabes, comme il avait fait tout à l'heure.

— Je vous emmerde, allez vous faire foutre, espèce de con.

Nous sommes rentrées en taxi à la maison, je n'ai même pas terminé les courses. Je lui ai juste acheté ses bonbons, j'en ai pris trois paquets. J'ai invité ce soir-là Madeleine à la maison, j'ai fait du poisson pané et une île flottante pour Anna : son menu préféré. J'ai allumé des bougies et Madeleine a mis de la musique. Anna a beaucoup ri ce soir-là, ses cheveux blonds brillaient sous la lueur des bougies et j'aurais pu pleurer des heures le visage dans son cou. Je n'ai pu fermer l'œil de la nuit, je me levais pour aller la voir dans sa petite chambre, vérifier qu'elle était là, ma fille, ma fille à moi, ma tendre et douce Anna. Je la touchais comme si elle était une poupée fragile et friable et je serais tombée à genoux encore et encore, lui demandant pardon pour la menace, pardon pour la fessée, pardon de t'avoir perdue un instant.

Le lendemain matin, j'ai décidé de partir, de quitter Paris pour une ville plus petite, où je pourrais me cacher avec ma fille et qu'elle porte mon empreinte. Le magazine avait une édition à Lyon, j'ai pris moins de cinq mois pour emménager, ici, dans notre appartement à côté de la Saône. Elle n'a rien dit, Anna. Du haut de ses six ans, elle savait que l'incident au supermarché m'avait blessée. Elle est restée sage, obéissante, faisant ses cartons avec attention et, six mois après notre arrivée à Lyon, ses cheveux ont commencé à foncer.

Alors aujourd'hui, quand elle a l'air si pâle sous son voile, si française, si d'ici, avec cette cérémonie belle mais irréelle comme une photo glacée, j'ai peur qu'elle redevienne différente de moi au point où les gens m'écarteront d'elle parce que je ne serai qu'une étrangère à la peau brune. Et que je passerai désormais mon temps à attendre qu'elle me sauve et dise aux autres « C'est ma maman ».

7

La cérémonie se termine sous les applaudissements comme après un bon concert. Yves, près de moi, frappe fort dans ses mains, il est ému, j'entends des «Hourra hourra, vive les mariés», je ne savais pas que ça se faisait encore. Anna a maintenant le voile relevé et rejeté en arrière, ça lui fait une belle couronne, les invités leur jettent des pétales de roses et du riz soufflé. Ma fille s'arrête à côté de moi, m'embrasse et je voudrais la retenir encore dans mes bras. Mais elle est sollicitée de partout, son mari lui tire le bras, d'autres veulent embrasser la mariée, alors je la lâche. Il y a une sorte de joyeuse cacophonie générale dont même Yves semble faire partie. Il bondit, envoie encore et encore des fleurs, siffle entre ses dents, on dirait un supporter de foot, je ne l'ai jamais vu comme ça. Il se tourne vers moi, me prend par les épaules et me fait un gros smack sur les lèvres. Voilà, le bonheur c'est ça, nous sommes aspirés dans ce tourbillon de joie créé par ce mariage, nous lâchons tout, nous sommes des enfants, rien que des enfants.

Je ris aussi, je suis un peu de la fête aussi, je cherche du riz soufflé, il y avait un panier là pas loin, je le trouve et je fais comme les autres : je dis «Hourra», j'envoie du riz soufflé, je crois même que je crie «Vive les mariés»; quand je n'ai plus de riz, j'applaudis à tout rompre. Anna me regarde et sourit merveilleusement, qu'est-ce qu'elle est belle, mon cœur se remplit d'une fierté sans pareille, je suis sa maman, elle n'en a qu'une et j'applaudis encore. Je n'ai pas de pensées ironiques, je n'ai pas de sentiments partagés, je ne me sens pas idiote, pour une fois mon corps et mon esprit ne font qu'un.

Ensuite, les mariés s'engouffrent dans une belle Jaguar prune pour un tour dans le coin, et les volontaires pour suivre le cortège n'ont qu'à s'engouffrer dans les autres voitures. Yves me tire par le bras mais je dis non, je vais rester là, même Évelyne avec son chapeau rose sautille dans tous les sens et entre dans la première voiture arrivée. Je me rassieds et, à mesure que le silence retombe à la lisière de la forêt, je me sens un peu idiote d'être restée. Le tourbillon de bonheur s'en est allé et j'ai de plein gré résisté, me suis bridée. Pourquoi n'ai-je pas suivi tout le monde? Pourquoi n'ai-je pas crié encore pour que le lendemain ma voix porte encore les traces de ma joie du mariage de ma fille? Voilà, comme à mon habitude les regrets d'avoir raté un moment rampent jusqu'à moi, voilà, mon esprit torturé et tortueux reprend ses marques et ses aises.

Quelques jeunes en tenue stricte installent le buffet pour le vin d'honneur, avant le repas. Je reste là, assise devant l'autel vide, je me rends compte que même le pasteur les a suivis et ça me fait rire. J'essaie de ne pas regarder la forêt, je sais qu'elle n'est pas très épaisse mais elle m'attire depuis que je l'ai vue, elle me suit partout. Je sais que si je la contemple trop, je m'y enfoncerai et il en sera fini de cette journée. Je regarde le ciel qui semble porter le même voile fin qu'Anna, je sens sur mon visage le vent frais. J'entends des pas et quelqu'un s'assied sur une chaise derrière moi.

— Vous êtes restée là?

C'est le papa d'Alain, je reconnais sa voix comme celle d'un homme que je connais depuis long-temps. J'ai la tête un peu appuyée sur le haut de ma chaise, le chignon écrasé, les yeux fermés. Je ne réponds pas, peut-être croit-il que je me suis assoupie, les yeux dans le ciel. Après tout ce bruit, sa respiration régulière m'est agréable, me berce un peu. Il ne bouge pas. Je ferme à demi les yeux, à travers mes cils, le ciel s'entulle encore plus, sur mon visage il n'y a que le vent et ses caresses.

Lentement, je passe ma main derrière ma tête, entreprends d'enlever les nombreuses épingles, je sens mon chignon se relâcher, se détendre, j'enlève les grains de riz et bientôt mes cheveux longs et noirs tombent par-dessus la chaise. Je les caresse longuement pour qu'ils reprennent leur place et oublient leur emprisonnement. Je sais qu'il me regarde mais je n'ai pas calculé ce geste. Je me sens si bien que je pourrais enlever mes chaussures, relever un peu ma robe pour que le vent rafraîchisse mes jambes. Sa respiration est toujours régulière et soudain, sa main dans mes cheveux. Il ne la pose pas par-dessus, non, il insère ses doigts dans ma chevelure avec attention jusqu'à toucher ma nuque. Il lisse ensuite comme avec un peigne jusqu'au vide, reprend comme cela une deux trois fois, délicatement, langoureusement, minutieusement, jusqu'à ce que ce geste m'émeuve là, au ventre. Mon crâne se parsème de fourmillements délicieux qui descendent sur mon cou, mes cheveux sont de la soie entre ses doigts. Ses doigts de magicien dans mes cheveux. Je me redresse lentement, me retourne vers lui, il a le visage absent, les yeux dans le vague. Entre nous un désir flou, quelque chose d'indéfinissable qui nous entoure et qui donne du sens à cette journée que je crains tant.

— Vous êtes si belle avec les cheveux libres.

Il ne dit pas les cheveux lâchés mais les cheveux libres. Il a laissé tomber la cravate, enfoncée probablement dans une poche, il a ouvert sa chemise un peu et là, je vois trois grains de beauté juste sous la clavicule gauche. Trois, jetés comme du riz, éparpillés, perdus, attendant qu'on prenne soin d'eux, qu'on les embrasse, qu'on les caresse. Je me dis à ce moment que je donnerais tout pour savoir s'il en a d'autres sur le corps et qu'avant la fin de la noce d'Anna, je ferai l'amour à cet homme.

Ce n'est pas une décision que je prends, ce n'est pas un but, un objectif que je me fixe, ce n'est pas un concours que je me lance, c'est juste mon corps qui dit cette phrase, avec calme, tranquillité, comme une évidence. J'oublie Anna, la promesse que je lui ai faite d'être digne et respectable durant ce jour. Je ne sais pas comment je m'y prendrai, je n'y pense pas, je sais que je vais le faire, c'est tout. Rarement dans ma vie j'ai eu une telle certitude. Écrire en est une, l'amour que j'ai pour Anna en est une autre mais tout ce que j'ai fait jusqu'à maintenant, j'ai du mal à en être certaine, à mettre ma main à couper, comme on dit. Je me dis qu'un de ces matins, quelqu'un va se rendre compte que je ne suis qu'une imposteure, que je ne sais pas écrire, que je ne sais pas élever un enfant, que je ne sais pas garder un homme, que je ne sais pas tenir une maison, que je n'ai pas d'avis et que tout ça, c'est du vent. Quand toute cette mascarade sera découverte, je ne serai alors qu'un semblant de femme à la peau café au lait, aux cheveux noirs, perdue dans la ville, sans but, sans idées, sans enfants, sans livres.

Tout ce que j'ai, jusqu'à présent, ne tient qu'à un fil. Anna ? Elle part, déjà elle est partie, n'est-ce pas ? Mes livres ? Des livres de peu. Je ne sais pas faire une grande saga qui se vendrait à des millions d'exemplaires, qui serait adaptée au cinéma, et pour laquelle il y aurait une suite attendue. Mes livres ont un succès honnête, le même quasiment à chaque livre, comme si derrière moi je traînais un voile gonflé de fidèles, des anges gardiens qui me gardent pour eux, empêchent les curieux de passer. Mes lecteurs ? Des gens simples et discrets, comme moi. Très souvent, je vais écouter les auteurs que j'aime à des conférences ou à des tables rondes. Je suis toujours surprise de l'enthousiasme, de la façon dont les lecteurs après viennent embrasser l'auteur, lui prendre le bras, lui présenter untel, lui dire je ne sais quoi et puis rire aux éclats, faire des blagues, échanger les coordonnées, se promettre « On s'appelle on se fait une bouffe ». Avec moi, c'est très différent. Ceux qui m'écoutent le font avec la plus grande attention, je prends mon temps, eux aussi. Je donne du temps, eux aussi. Après, ils font dédicacer des livres, ils amènent ceux d'avant, ils chuchotent, jamais ils ne m'embrassent, jamais nous n'échangeons une blague, nous nous serrons la main en nous disant au revoir et ils repartent le livre dans le sac. Il y a comme une ligne invisible que ni eux ni moi ne franchissons jamais, une pudeur, une retenue, je suis la femme qui écrit les livres qu'ils aiment lire, l'important c'est les livres et pas la femme.

Par exemple, je sais que le papa d'Alain n'a rien lu de moi, sinon jamais il ne m'aurait approchée comme cela et c'est bien ainsi. Jamais je n'aurais pu coucher avec lui. Je dis cela comme si c'était déjà fait, comme si d'un commun accord, nous avions signé un contrat, pourtant je ne sais pas à quoi il pense maintenant, à ce moment précis où nous sommes tournés l'un vers l'autre, ses mains revenues sur ses genoux, et moi le torse appuyé contre la chaise. Derrière moi, une vie rêvée, l'autel et la toile que fait claquer le vent, la forêt, la vallée, le ciel. Derrière lui, le buffet qu'on installe, quelques invités perdus, le château. Nous, entre les deux, baignés dans un silence.

— Je m'appelle Roman.

Il prononce Romane, j'entends roman, j'entends Rome, j'entends l'Italie et le vent dans les grands cyprès de la Toscane.

— Sonia.

Je le vois qui fait tourner mon prénom sur sa langue, il le dit sans qu'aucun son ne sorte. Il sourit et je suis reconnaissante qu'à ce moment-là il ne me demande pas de quelle origine je suis. Parce qu'après tout, on en revient toujours à la même question. «Vous êtes de quelle origine?» Que répondre à cette question, si banale, si indiscrète? Que veut dire exactement cette question? Le pays où vous êtes né, certainement, mais quand vous avez passé plus d'années en terre étrangère que dans votre patrie, de quelle origine êtes-vous vraiment? Devons-nous nous fermer au pays d'ici, au présent, rester dans le liquide amniotique du pays d'origine, du pays rêvé, parce que forcément, l'origine, ça a quelque chose de beau, de magnifique, de pur comme les sources de la montagne. Vous vous devez, pour les autres, pour ceux qui vous posent cette question, vous devez être droite et fière de ces origines-là, avoir le regard qui scintille, la larme à l'œil, le soupir long, vous leur devez de regretter que ces origines ne soient qu'un vague passé, vous ne pouvez, sous peine de passer pour une insensible, renier vos racines. On vous refuse tout simplement le droit de dire merde à vos origines.

Quand Roman me regarde, j'ai envie d'être séduisante, séduite, une femme tout simplement. J'ai envie de dire des choses bien, de rester moi-même mais pas trop, je voudrais qu'il me trouve belle, qu'il me trouve désirable mais ces choses-là ne se commandent pas. J'ai quarante-deux ans et, pour la première fois de ma vie, je me demande comment on fait pour éveiller du désir chez un homme. Il doit y avoir des choses pour cela, des gestes précis à des moments précis, un traité de la féminité et de la grâce, quelque chose qui agirait comme un parfum diabolique. Jamais cela ne m'est arrivé, mes amants ont toujours été comme des accidents, du moins les ai-je perçus comme ça sur le moment. On se rencontre, on se parle, on s'aime bien, on se revoit sans grands efforts et on fait l'amour. Après on se quitte sans rien dire de particulier, parce que c'est comme ça. Jamais ça ne m'est arrivé, les aventures d'un soir, le sexe pour le sexe, sans pensées, sans plans, là, maintenant, derrière la porte, la jouissance un peu fort, s'en fout des regards. Depuis Matthew, je fais toujours attention à ne pas m'attacher, à ne pas tomber amoureuse, à ne pas avoir des rêves et des espoirs de ce genre-là. Il m'arrive de passer plus d'un an sans un homme et depuis quelque temps, ce qui m'attriste le plus c'est que l'acte sexuel ne me manque pas, seulement la présence d'une personne à mes côtés. Une douce présence, quelqu'un qui me caresserait la joue pendant que j'écris et qui, parfois, m'amènerait le petit déjeuner au lit. Un homme pour lequel j'aurais encore du désir et ferais des choses sans gêne, les yeux peut-être un peu fermés. Ces pensées sont tristes, tragiquement romantiques et cucul pour une femme de mon âge. Ces pensées sont vieillottes parce j'ai inconsciemment rayé l'idée qu'il puisse encore m'arriver quelque chose, l'amour qui vous renverse de façon inattendue, un homme qu'on vous présente et qui, après, vous manque sans que vous puissiez expliquer pourquoi. J'ai quarante-deux ans et ce qui me fait envie, c'est la sérénité amoureuse mais je sais que celle-ci n'arrive qu'après des années de vie commune, des années de complicité, quand l'amour est indépendant des changements du corps. On ne peut pas demander cela à un amant de passage…

Alors, quand l'envie silencieuse de coucher avec le papa d'Alain s'installe en moi, cela me surprend un peu mais je ne veux pas y penser. Je veux penser à lui, je veux penser à moi, je veux penser à nous deux ensemble, tout à l'heure. Je veux encore croire que je peux représenter cela pour un homme : une belle femme qu'on rencontre dans un mariage.

8

Les voitures remontent l'allée bruyamment. Les mariés descendent, le rouge aux joues, quelques invités se précipitent sur le buffet. Anna me cherche du regard, je la vois d'ici, de la chaise où je suis assise, près de l'autel, à l'orée de la forêt. Elle sourit à tout le monde, constamment, comme si elle avait accroché ce sourire à son visage, mais ce n'est pas un rictus tout de même. Je me demande combien de fois elle a fait et défait cette scène, avant ce 21 avril. S'attendait-elle à ces émotions qu'elle doit ressentir là, maintenant. J'aurais aimé qu'elle m'en parle. Sent-elle son cœur cogner contre sa poitrine, accroche-t-elle une seule de ses pensées qui lui traversent la tête ? Est-ce en deçà ou au-delà de ses espoirs ? Anna se laisse embrasser, admirer, on lui effleure la robe, lui prend la main mais pourtant elle me cherche, je connais ce regard-là, cette inquiétude qui monte en elle, ce début d'agacement qu'elle ramasse entre les dents en pensant « Où est-ce qu'elle est encore ? qu'est-ce qu'elle fait encore ? ». Elle chuchote quelque chose à Yves qui se tient à côté d'elle et celui-ci hausse les épaules. Puis, soudain, elle se tourne vers la forêt et me voilà, assise tranquillement, un bras sur le dossier de la chaise, sans cigarette, sans verre à la main, seule, puisque Roman s'est levé pour accueillir les mariés dès qu'il a entendu les voitures klaxonner au bas du chemin. Anna se fraie un passage parmi les invités, elle marche jusqu'à moi. Je me sens fière, je n'ai rien fait de mal, elle va me féliciter d'être restée là, sage, tranquille, mais non.

— Qu'est-ce que tu as fait de ton chignon ?

Cette phrase me fait l'effet d'un mur contre lequel je me serais cognée violemment. Je lâche sèchement que, jusqu'à preuve du contraire, je fais ce que je veux avec mes cheveux. Elle me regarde un peu surprise et, bien sûr, je n'en reste pas là, il faut que je me justifie. Je ne peux pas me laisser aller à la colère comme ça, à l'agacement gratuit, pour cause d'autorité maternelle, non, il faut que je trouve quelque chose de sensé, de logique, deux plus deux font quatre. Je lui dis que le chignon me pesait sur la nuque, et que j'avais un début de mal de tête. Les yeux d'Anna se radoucissent un peu ; pourtant je vois qu'elle n'est pas contente de ce premier faux pas. Pour elle, cela inaugure une série, le chignon que j'ai lâché est un croc-en-jambe à sa noce organisée comme une marche militaire, il ne faut rien qui dépasse, ces cheveux libres ouvrent la porte à je ne sais quels autres trébuchements et couacs et que s'engouffreraient à la suite des milliers de grains de sable qui viendraient gâcher sa journée. Je sais qu'elle est comme ça, qu'elle a horreur des surprises, des choses non planifiées, ne m'a-t-elle pas donné une liste, grand A, petit a, grand B, petit b, tout cela aligné chronologiquement avec rappels et renvois astérisques, parenthèses claires pour que jamais, à aucun moment, je ne puisse m'échapper, faire de l'inutile, du superflu, de l'inattendu, cernée que je suis par les grands A, les grands B et les astérisques. Elle me dit presque sévèrement de venir prendre un verre et je me lève, soumise à mon enfant. Je ne suis pas très fière de moi, de mon manque de caractère, de cette façon que j'ai de changer la règle au dernier moment pour ne pas aller au conflit.

Au buffet, je retrouve Yves qui parle avec une jeune femme apparemment très intéressée par le métier d'éditeur. Ses épaules sont fines et douces, elle a les cheveux coupés court, blond cendré et, de profil, elle fait penser à Jean Seberg. Elle porte une robe bustier qui bombe inutilement ses seins fermes de jeune femme. Des seins fermes, se rend-elle compte de la chance qu'elle a, maintenant ? Nous rendons-nous suffisamment compte de l'illusion de la jeunesse, de notre masque lisse, sans rides, de notre corps fort, tonique, et que tout cela va inévitablement se ramollir, flétrir, ne plus tenir à rien, pendre, suspendre, et que bientôt nous aussi nous aurons besoin de stratagèmes pour donner le change — gaine ventre plat, soutien-gorge une taille en dessous, couronnes et bridges, crèmes raffermissantes, antirides, gommage, peeling, couleur, maquillage —, toutes ces choses dont nous nous sommes moquées et que nous avons regardées avec dédain.

La jeune femme écoute Yves en penchant la tête un peu de côté. Elle lui plaît, cela se voit à la façon dont Yves la regarde, bien dans les yeux, accroché à son regard, aimanté. Quand je m'approche d'eux, il lui raconte une blague à propos d'un auteur qui ne comprenait pas le français. La fille éclate de rire et, ce faisant, elle pose une main sur le revers de la veste d'Yves, se penche un peu en avant et subrepticement s'approche de lui. C'est cela, peut-être, la cour, la séduction. C'est comme cela qu'il faut faire pour accrocher un homme. Yves est un peu rouge, il me voit, il commence par ouvrir la bouche mais je ne voudrais pas l'enlever à cette danse amoureuse, alors je pose mon doigt sur mes lèvres et m'enfuis sur la pointe des pieds en prenant au vol une coupe de champagne. Les musiciens se sont déplacés sur la terrasse et jouent des chansons d'avant pour mettre un peu de sépia dans cette cérémonie religieuse. *You Are my Sweet Valentine; You Look Wonderful Tonight; Strangers in the Night; Like a Bridge over Troubled Water; Smoke Gets in Your Eyes…*

La lumière a changé sur nous. Le ciel se rosit, la vallée s'illumine un peu par endroits et la forêt semble s'épaissir, se rapprocher. Je jette un coup d'œil derrière moi mais personne ne me regarde, personne ne fait attention à moi, Roman parle à Anna en tenant son fils par une épaule, Yves est toujours concentré sur sa minette, les autres sont en couple, en groupe, les musiciens jouent avec une concentration un peu ridicule, ils joueraient à Salzbourg que ce serait avec ce même visage fermé, conscients, si conscients de leur talent. Je me détache de cette foule qui jacasse, des bruits de verre et des rires, je m'avance doucement vers l'épaisseur noire. Elle couvre toute la montée vers le château et l'allée du bas la contourne. Je fais le tour de l'autel, comme si c'était quelque chose de sacré, je vérifie automatiquement que mes cigarettes sont dans mon sac et j'entre dans la forêt. Au début, les arbres sont éloignés les uns des autres, assez pour que je puisse écarter mes deux bras. Il y fait humide, le sol est presque mouillé, je m'enfonce encore, je me dis que je ne risque pas de me perdre, au grand maximum je me retrouverais en bas de la côte, c'est tout. Je fais quelques pas encore et quand je me retourne, je ne vois plus que des arbres, rien que ça. Des sapins aux troncs râpeux et écaillés, des épines au sol, de la mousse au pied des arbres. Entourée comme cela, j'allume une cigarette. Je n'ai pas peur, les arbres me donnent une épaisseur que je n'ai pas, que je n'ai jamais eue, un bouclier contre le bruit, contre les conversations vides de sens, en anglais il existe une expression parfaite pour cela, du *small talk*. Une lente tristesse m'envahit à mesure que j'aspire la fumée. Je pense à Anna, à son mari qu'elle aime et qu'elle est persuadée d'aimer pour toujours. Je me surprends à l'envier un peu, à admirer ce risque qu'elle prend en se mariant. Moi, je n'ai fait que me retenir toute ma vie et, tout à l'heure, devant Roman, je me suis sentie autre. L'autre moi, celle que j'ai étouffée et qui, un moment, s'est réveillée impatiente d'être libre. Une autre qui prendrait des risques.

Quand les gens autour de moi finissent par savoir que j'ai une grande fille, que j'ai élevée toute seule, une femme maintenant, belle, épanouie, ces gens-là, je crois, se mettent à m'admirer un peu, surpris par l'audace d'une petite étrangère. Mais la vérité c'est qu'avec Anna, je n'ai pas eu l'impression de prendre des risques. Bien au contraire, la laisser grandir en moi était un réconfort, un soutien, je savais que désormais, avec un enfant, quoi que je fasse j'aurais une ancre quelque part. Que je ne me laisserais pas totalement aller, que dans les grands moments de solitude et de déprime, je ne serais pas tentée d'en finir, de dormir, de ne plus me réveiller. Et finalement, elle est cela, Anna, le fruit de mon imagination et de mes envies profondes. Jamais je n'ai vu d'enfant si sage si vite, si lisse parfois, si consciente de ses responsabilités envers moi, sa mère. Comme si très tôt, elle avait su que je l'avais mise au monde pour me recadrer, pour faire de moi une grande personne, une adulte aux yeux des autres et une ombre aussi pour me réfugier.

Sous mes pieds la terre est comme mouvante, un peu à cause des feuilles mortes qui pourrissent. Ici, elles ne peuvent sécher, le soleil pénètre si peu, alors elles vieillissent dans la pénombre, elles ramollissent un peu comme nous, perdent leur eau, leur sève et finissent par se décomposer en soupirant une odeur douceâtre. Ici, dans ce monde humide où les morts nourrissent les vivants, je regrette de ne pas avoir pris plus de risques. De ne pas être avec un homme complètement. Pourquoi pensé-je à cela maintenant, moi, apparatchik de la vie en solo, moi qui ai confiance en peu de choses : Anna, mes livres et mon espace clos où je connais tout. Au fond, j'envie ces femmes aux alliances avec un gros solitaire au même doigt qui disent un homme attaché à elles. J'aurais dû faire cela, m'installer avec un amoureux, prendre du temps avec lui, encourir le danger des jours ordinaires, faire les magasins du périphérique pour trouver des meubles, choisir des menus bibelots qu'on aurait posés sur les étagères, pour les regarder ensuite et se souvenir qu'on a fait ça à deux. J'aurais pu apprendre à trouver des repères auprès d'un homme, j'aurais pu trouver une place contre ce corps si différent, qui souvent s'imbriquerait au mien et ainsi m'apaiserait. J'aurais dû savoir retenir un homme, faire de lui une histoire possible, éveiller le désir de rester avec moi, ne pas le braquer avec mon visage fermé, mes mots absents et parfois mes mots durs. J'aurais dû prendre ces risques-là si ordinaires finalement pour tant de gens mais si terribles pour moi.

Parce que, me connaissant trop bien, je sais que je serai constamment dans l'attente des jours creux. De l'instant où tout bascule, où l'amour fuit de soi comme d'une barrique trouée. De ce jour où je passerais devant mon homme et que je ne penserais pas à lui caresser les cheveux, à lui toucher le bras, à l'effleurer, non pas parce qu'il me dégoûterait mais parce que je ne ferais plus attention, à force de sa présence quotidienne à côté de la mienne. Je serais dans l'expectative de cette exaspération, vague, floue dont je ne pourrais identifier l'origine. J'aurais des sentiments mélangés, sans saveur, comme une soupe trop cuite et cela ne me ferait plus connaître le manque de lui, la joie de le revoir et alors, je garderais les yeux ouverts quand il viendrait en moi parce que je n'aurais plus la surprise de son sexe, plus ce sentiment délicieux d'impatience quand les deux corps se cherchent et se frôlent. Les sentiments tièdes, voilà ce dont j'ai peur, et je suis persuadée qu'à force de les attendre, de les surveiller, je finirais par les provoquer et nous deviendrions, alors, des frères incestueux.

Je ne sais pas combien de temps je passe ici, dans l'ombre des arbres, emplie de leur parfum boisé, immobile, si immobile que les insectes ne font plus attention à moi. Les vers sortent sous les feuilles, les fourmis se remettent en marche, j'entends des bruissements et des craquements, je suis une des leurs, ils se sont habitués à moi. Retourner là-bas me paraît au-dessus de mes forces, affronter les rires, les grands gestes et le repas, pourquoi cela m'est si difficile ? Je me remets en marche pourtant, parce que j'ai un peu peur qu'on me cherche et je ne veux pas gâcher cette journée. Mes talons s'enfoncent un peu dans la terre et les feuilles molles, j'ai l'impression que quelque chose ici me retient mais j'avance quand même.

Tout le flou de ma vie est contenu là, dans cet instant précis où mon corps entier veut rester dans l'ombre mais je ne veux pas l'écouter, je ne peux pas l'écouter. Comme un panier de linge sale que je ne veux pas voir, je tasse les regrets, je tasse les remords, je tasse l'envie, je tasse, je tasse, je tasse, je ferme les yeux, je ferme les oreilles, je ferme la bouche, je ferme le sexe.

9

Nous nous mettons à table à sept heures, dans une grande salle au rez-de-chaussée décorée de papiers de soie abricot. Sur les tables, des petits pots de jardinier en aluminium soutiennent des coquelicots rouges et des gypsophiles. Les couverts sont blancs, luisants, grinçants quand je passe mon doigt dessus. Anna ressemble à une madone italienne, avec sa robe blanche et ses cheveux bruns. Elle me jette des coups d'œil parfois en biais, me surveille et je me tiens droite, alerte, souriante. Personne, je crois, n'a remarqué mon échappée dans la forêt. Peut-être ai-je rêvé de cela, peut-être finalement ne me suis-je absentée que quelques minutes et que mon esprit a étendu le temps passé dans l'ombre. Anna s'approche de moi, me prend doucement par la taille, me souffle « Ça va, maman ? ». Ses doigts sur mon ventre, son corps et sa chaleur à côté de moi, la douceur de sa robe contre mon bras et son parfum qui m'enveloppe, qu'est-ce que je l'aime, ma fille, à ce moment-là, qu'est-ce que je l'aime.

Quand je l'avais dans mon ventre, je me demandais quelle sorte d'amour je lui donnerais. Est-ce que je l'aimerais comme elle voudrait que je l'aime? Est-ce que je serais assez à l'écoute pour changer afin qu'elle soit satisfaite de mon amour? Est-ce que cet amour maladroit l'éloignerait de moi ou comprendrait-elle que l'on n'aime que de la façon dont on a été aimé? Nous restons collées l'une à l'autre un moment et je lui dis que je l'aime tant. Elle est surprise, je sens son corps qui se raidit un peu, tremble et elle me serre encore contre elle. Je n'ai pas été de ces parents qui disent à leurs enfants des mots d'amour, peut-être parce que les miens ne me les disaient pas, peut-être parce que je croyais que ces mots-là se disent trop et qu'ils ne veulent plus rien dire à force d'être dits. J'ai eu tort, probablement, j'ai pensé que les gestes de tous les jours, les preuves, les actes, les pardons et les compromis valent cent fois ces trois mots-là…

Anna me dit, après de longues secondes, «Je t'aime aussi, maman». Mon cœur éclate d'un coup, comme un ballon d'eau qui crève et rien, rien pour arrêter le déluge. Cette journée en fil tendu, cette façon que j'ai eue de jouer le gendarme avec moi-même, tous ces souvenirs qui me sont revenus, cet homme-là qui vient si tard, si tard, ma fille qui part… Je n'ai pas de mouchoir, bien sûr, je baisse la tête en reniflant et deux grosses taches sombres apparaissent sur mes seins, j'ai honte, tout le monde me regarde, j'en suis sûre. Anna se penche alors

vers une table, saisit une serviette qui était majes-
tueusement pliée en mitre et posée sur une assiette,
la déplie d'un coup *frac* et me la tend.

— Mais c'est une serviette !

— On s'en fiche.

Ça me fait tant plaisir cette légèreté en elle à cet
instant-là que je pouffe dans mes pleurs. C'est un
geste anodin pourtant, prendre la première serviette
sous la main mais, pour elle, je sais que chaque
chose a sa place, son importance, chaque détail fait
partie d'une grande construction qu'elle a travaillée
avec patience, dessins, croquis, chiffres, plannings.
Un nombre exact de serviettes dressées au centre
d'un nombre exact d'assiettes et, entre elles, le même
espace, au millimètre près. Comme si elle avait
entendu ma pensée, de sa voix calme et posée, elle
me dit :

— Vois-tu maman, je ne suis pas si différente
de toi, au fond.

Cette phrase, je l'entendrai toute ma vie. Elle
sera, comme maintenant, synonyme de complicité
ou, parfois, je le crains, signifiera que je n'ai pas su
la reconnaître comme ma propre fille, persuadée
que j'étais de sa différence. Moi qui ai tant pesté
contre les communautés, contre la couleur de peau,
les types de cheveux, voilà que moi-même j'ai,
d'une façon simple et évidente, écarté ma fille de
moi. Parce qu'elle est pâle, parce qu'elle aime les
chiffres, parce qu'elle aime l'ordre et les agendas,
parce qu'elle veut une vie de dame, parce qu'elle

n'aime pas comme moi le flou et les non-dits. J'avais peut-être oublié qu'elle était la part cachée de moi-même, celle que j'aurais été si j'étais restée avec mes parents dans ce pays ensoleillé et étriqué, ce pays magnifique et raciste, ce pays où le travail est une vertu et le mensonge un art de vivre. Peut-être que si je n'avais pas lu autant de livres, pas connu Matthew, pas connu l'ivresse des mots sortis de nulle part, peut-être que si je n'avais pas délibérément exploré cette part d'ombre et de creux que je porte, peut-être après tout, serais-je devenue Anna.

Combien de temps passons-nous à compliquer notre vie ? Combien de temps gaspillons-nous à nous occuper du monde, de notre image, des semblants et des faux-semblants et oublier, ainsi, de regarder ceux qui nous sont chers ? Combien de théories avons-nous élaborées sur l'égalité, la tolérance et combien de fois avons-nous fait preuve, chez nous, le masque levé, de racisme primaire ?

Mes larmes séchées, je déclare solennellement à Anna que je suis heureuse d'être à la table vedette. Elle sourit, elle me taquine en me disant que j'aime les petites phrases, les adjectifs. Les mariés, leurs témoins, les parents sont en effet installés autour de la seule table rectangulaire, de sorte que nous faisons face aux autres invités, assis sur les tables rondes. De gauche à droite, Yves, le rouge aux joues, est-ce à cause du champagne ou son cœur bat-il déjà un peu fort à cause de la jeune fille de tout à l'heure ; Évelyne, la maman d'Alain, toujours avec son chapeau ; Éric, le témoin d'Alain qui a fait le chauffeur ; Anna, Alain, moi, la maman de la mariée et Roman, le papa du marié.

Il est déjà là, il regarde ses mains sous la table on dirait. Je me demande quelle tête je dois avoir. Il se lève à demi en me voyant arriver. C'est une galanterie d'un autre temps et qui me fait fondre un peu plus pour lui. Qui fait encore cela aujourd'hui ? Ne serait-ce pas merveilleux si l'homme qui vous accompagne se levait à demi chaque fois que vous sortez ou que vous vous mettez à table ? N'est-ce pas un de ces fameux petits détails qui font la différence ? Il me dit « Vous avez pleuré ». Je souris bien plus tristement que je ne le souhaite, il me prend le coude pour m'aider à m'asseoir. Devant nous, les autres invités s'asseyent, se relèvent, tirent et raclent les chaises, rient bruyamment, interpellent je ne sais qui, et je me rends compte que nous ne sommes que deux à être assis, Roman et moi. Nous partageons un moment de silence, je me dis que c'est la première fois que je fais cela avec un homme que je connais à peine. C'est un silence où nous sommes éveillés, conscients du charivari autour de nous mais protégés par un je-ne-sais-quoi de magique. Rien ne nous atteint, rien ne nous échappe. Nous sommes si bien.

Je me tourne vers lui, je souris, ses yeux se perdent un moment dans mes cheveux, juste entre mon oreille gauche et mon épaule, ce paravent noir qui l'empêche de voir par-dessus mon épaule, pense-t-il à tout à l'heure, pense-t-il à après, a-t-il envie de m'embrasser, pas juste un bisou de débutant sur les lèvres, mais de prendre ma bouche entièrement, comme un fruit et d'y laisser sa salive ?

Contre toute attente, c'est moi qui parle.

— Alain m'a dit que vous étiez journaliste.

— Il a dit ça ? Hmm. C'est drôle l'image que les enfants ont encore de nous, n'est-ce pas ? Je l'ai été, quand Alain était petit. Maintenant, je vis en Afrique.

Mon cœur fait un bond. Un moment, un court moment, je me dis qu'il vit au Mali, qu'il a une maison à Bamako, la ville où est parti, sans se retourner, il y a vingt-trois ans, Matthew, comme si ça allait éclairer cette journée, comme si toute ma vie allait soudain se mettre en place, comme un grand puzzle et que je saurais enfin regarder l'existence en face. Qu'enfin, la boucle serait bouclée et que je pourrais vivre ma vie, celle qui est ici, là, maintenant.

Mais non, Roman vit au Kenya, au pied du Kilimandjaro, peut-être, loin de la poussière rouge et du fleuve Niger qui traverse Bamako. Il travaille pour une organisation internationale.

— Moi, je travaille dans un magazine féminin.

— Ah bon ? Anna m'a dit que vous étiez écrivain.

Je ris à cela, comme si c'était une bonne blague.

Jusqu'à ce jour je n'arrive pas à dire laquelle d'entre mes deux activités est mon métier. Quel sens donné-je à ce mot : métier? L'un est important pour que je me cadre, me repose, que j'aie des responsabilités, que je sache encore me tenir en société, savoir ce qui se passe dans le monde. L'autre est important pour que je m'échappe, que je me libère, que je vive, une vie, ma vie, plusieurs vies. J'ai souvent eu la tentation de quitter le magazine, surtout depuis qu'Anna n'a plus besoin de moi financièrement, mais je crois que, dans l'écriture, en tout cas dans la mienne, la folie rôde. Il m'est arrivé une fois d'en être proche. C'était il y a dix ans, à peu près. Anna passait ses premières vacances loin de moi, chez Yves et Caroline, en Bretagne. J'avais loué une maison à Wasserbourg, en Alsace, dans le Haut-Rhin. J'avais vu des photos dans un journal, il y avait un toit rouge, ça m'avait fait penser à Cap Malheureux, un endroit de l'île Maurice que j'affectionne particulièrement — une petite plage, juste un bras de sable, avec de l'herbe sèche qui pousse, tout ce que les gens n'aiment pas puisqu'on ne peut pas s'asseoir, une église au toit rouge qui se détache sur l'étendue de mer bleue et, au fond, barrant l'horizon, le rocher noir, une île-pierre, le Coin de Mire. Quelques filaos sur le bord de mer mais pas de quoi s'étendre à l'ombre. À Cap Malheureux, il faut rester debout, face à la mer, un peu en respect. Donc, cette maison m'a fait penser à cela, avec des nuances tout de même.

Ici, le toit rouge se détachait sur la colline verte et le portail devant était d'un bleu layette. Je m'étais dit que je passerais deux semaines là-bas, au calme, je me voyais écrire le matin, faire une balade, revenir, me reposer, écrire, lire, écrire, vivre de ça, de ça vivre. C'est ce que j'ai fait les premiers jours. Le matin, je me réveillais tôt, j'écrivais jusqu'à onze heures. Je m'installais dans le petit salon où les meubles semblaient tenir le toit, le mur, la maison tout entière. Quand je déplaçais quelque chose, une tasse, une chaise, je marquais un temps d'arrêt, guettant le moindre craquement, m'attendant presque à ce que la maison se mette à trembler, puis à se démembrer lentement, panneau par panneau, brique par brique, telle une grande construction de dominos. Ensuite, je mangeais dehors, le dos à la colline, au cerisier, aux moutons et à l'épaisseur de la forêt, regardant la vallée, devinant la petite rivière en contrebas dont le soir on entendait le ruissellement. Puis j'allais me promener jusqu'en début d'après-midi. Je m'enfonçais dans la forêt, il y faisait frais, j'étais seule et je n'avais pas peur. Une fois, j'ai traversé un champ de coquelicots et ne pas avoir Anna à côté de moi m'avait manqué à ce moment-là.

Mes balades duraient longtemps, pas parce que j'allais loin mais parce que je prenais mon temps, je m'arrêtais, je rêvais, je parlais toute seule. Je revenais en sueur, je prenais une douche dehors en maillot de bain, il y avait une sorte de baignoire en pierre grossièrement polie que j'avais brossée comme une malade le premier jour. Le robinet lâchait une eau froide qui me hérissait de partout et, après, je faisais une sieste de bébé. Vers cinq heures, je me réveillais pour écrire à nouveau, puis je lisais, je mangeais, j'écoutais la radio et je sombrais dans un sommeil merveilleux, de ceux que l'on a quand on est libre et qu'on a le sentiment d'avoir bien travaillé et mérité sa journée. Ce rythme parfait me remplissait d'euphorie, je me sentais vivifiée par le silence mais, quatre jours après, je me suis réveillée la nuit, j'avais cru entendre du bruit. J'ai ouvert la porte et la nuit noire, opaque, sans étoiles, sans lune, accompagnée de ce silence épais, m'a fait peur. Le lendemain, je n'ai pas écrit, j'ai fouillé les tiroirs, les malles, les armoires. J'ai trouvé des vieux vêtements que j'ai essayés, des vieilles photos que j'ai étalées devant moi, dévisageant les personnes qui avaient hanté cette maison. Pourquoi l'avaient-ils quittée, et ce village charmant ? Je restais des heures enfermée, les volets barrant la lumière du jour, le temps m'échappait et j'oubliais. J'oubliais de téléphoner à Yves et Caroline, j'oubliais la raison pour laquelle j'étais venue là. Je suivais des voix que j'entendais dans la maison, je fouillais les tiroirs, je passais des heures à examiner la vaisselle vieille de dizaines d'années et à me rendre compte du peu de choses que je laisserai derrière moi après ma mort — quelques livres, des poussières, à peine le souvenir. Je fouillais du regard les yeux d'une femme sur une photo, j'oubliais de manger, j'écrivais autre chose que le roman que j'écrivais, j'oubliais, je m'oubliais. Je me souviens de m'être tenue devant la rivière, plus bas, qui descend de la montagne, glaciale, sombre, d'y avoir mis le pied, enfoncé une jambe dans le lit vaseux, l'autre jambe, de m'être tenue comme ça pendant longtemps, jusqu'à ce que je ne sente plus mes cuisses, ni mon ventre, ni ma poitrine, ni mes épaules, ni moi, ni rien. Juste ma bouche qui aspirait la froideur de cette eau inquiétante, mes yeux à peine plus haut que le cours rapide. Je faisais ça avec méthode, précision, je me poussais, je voulais voir jusqu'où je pouvais aller. J'ai pensé à Virginia Woolf, à la façon dont elle s'est suicidée dans l'Ouse, les poches lestées de pierres. « Très cher, avait-elle écrit à son mari, Leonard, je suis certaine de devenir folle à nouveau. »

C'est à ce moment précis que je me suis souvenue que j'avais une fille de treize ans et que je ne pouvais pas jouer avec ma vie et mes fantômes comme cela. Je suis partie le soir même et j'ai mis un bon mois avant de m'en remettre. J'avais perdu six kilos, je n'avais rien écrit de bon, des ratures, des phrases dénuées de sens, j'avais l'impression de ne plus avoir de peau, que chaque parcelle de mon corps était à vif, à sang, le plus petit effleurement me faisait souffrir le martyre. Le moindre bruit, une lumière trop vive, une parole trop forte, un geste brusque et je me sentais agressée, violée. Le

154

médecin a décelé une arythmie cardiaque, un souffle au cœur. Médicaments, repos, suivi régulier, régime, il m'a tout prescrit. Mais je savais que ce n'était pas cela. Là-bas, dans la maison qui craquait et où les morts avaient encore leurs traces, dans cette maison où les êtres qui me peuplent ont trouvé d'autres fantômes, j'ai failli devenir folle. Voilà. C'est pour cela qu'à chaque fois que l'envie de démissionner de mon travail de correctrice me tente, je me souviens. Ces rires qui me secouaient sans raison, cette obscurité sans espoir qui m'entourait et cette rivière glacée dans laquelle je me suis enfoncée.

Roman me regarde.

— Elle dit ça, Anna ? Oui, j'écris aussi. Mais je suis aussi correctrice dans un magazine.

— Vous écrivez des romans ?

— Oui.

Il ne me demande pas combien j'en ai écrit, comme le font beaucoup de gens, comme si la quantité avait quelque chose à voir avec l'accomplissement ou la réussite, il ne me demande pas si ça marche, il ne me demande pas de quoi ça parle parce qu'il sait que je ne peux pas résumer ça comme si c'était une dissertation, il ne me demande pas si j'ai eu des prix, si je suis passée à la télé, ou : « C'est comment votre nom déjà ? », toutes ces questions ordinaires qu'on me pose, auxquelles j'ai appris à répondre avec un sourire poli. Le papa d'Alain m'adresse un grand sourire, il a les dents un peu tachées par la nicotine et ça me le rend plus sympathique encore. Je lui demande s'il veut une cigarette, je lui dis ça en chuchotant, il regarde autour de lui, personne n'est tout à fait assis, tout à fait debout, on dirait qu'ils attendent un gong quelconque, un signal. Alors, il repose la serviette sur son assiette, me tend le coude et nous nous levons furtivement, bras dessus bras dessous, parmi cette cacophonie. Personne ne semble faire attention à nous, je jette juste un coup d'œil vers Anna qui, selon toute vraisemblance, a un problème avec son plan de table, elle a les sourcils froncés, l'index et le majeur pressés sur le front et je sais que ça va prendre un moment, ce casse-tête.

Nous sortons, la nuit tarde à tomber, il y a une brume rosâtre qui est suspendue dans l'air. Nous restons près du château, il allume ma cigarette, ne fait pas de grimaces quand je lui propose mes blondes longilignes mentholées, des cigarettes de minettes comme me dit Yves, et nous aspirons tous les deux la fumée blanche en silence. Il me dit alors qu'il a un avion demain après-midi.

— Vous dormez là, ce soir ?

— Au château ? Non. Alain a réservé une chambre d'hôte dans un village plus bas. Et vous, vous rentrez à Lyon ?

— Non, je dors ici même. J'ai une belle chambre dans la tour gauche. On y voit la forêt et la vallée.

— Peut-être des biches le soir ?

— Peut-être.

Il sourit rêveusement. Sa cigarette s'est éteinte,

il tient le filtre entre son index et le pouce, il regarde devant, l'autel vide, les chaises dérangées, quelques enfants qui courent en poussant des cris aigus, la forêt et les lumières de la vallée. Je me sens si bien, là, appuyée contre le mur, la pierre froide contre mon dos dénudé ; je voudrais que ça dure, je voudrais que l'on ne soit que deux, que tous les deux, que plus rien n'existe et que j'aie le courage de le prendre par la main et de monter dans la tour gauche où l'on voit la forêt, la vallée et peut-être des biches, le soir. Mais il nous faut rentrer, faire bonne figure, la maman idéale, le papa idéal, côte à côte.

On se rassied à la même place, sans bruit. Anna s'avance vers nous, elle dit à la volée : « Vous avez fait connaissance ! », puis elle s'installe aussi ; tout le monde se met à tintinnabuler avec sa petite cuillère sur son verre de champagne et Yves se lève pour son discours. On lui apporte un micro qu'il refuse, sa voix porte, il ne lit pas, pourtant il a un papier serré dans sa main. Un drôle de silence se fait, ce n'est pas son père, c'est son père, c'est un homme encore amoureux de sa femme morte il y a cinq ans, c'est un homme qui veut encore séduire, c'est un homme qui n'a jamais eu d'enfants et qui marie la fille d'un de ses écrivains. Il commence ainsi :

— Chère Anna, quand je t'ai connue, tu adorais tes petites chaussures rouges.

C'est vrai, la première fois qu'Yves a vu Anna, elle avait ses petites chaussures rouges. Elle les

mettait avec des socquettes anglaises et aimait s'asseoir sur des canapés trop hauts pour que ses pieds
se balancent et que les autres remarquent ses
chaussures rouges. Yves lui avait dit : « Mais quelles
chaussures, demoiselle ! » Anna avait rougi, elle
m'avait regardée timidement et elle avait rougi. Je
suis émue qu'Yves se souvienne de ça. Il raconte
aussi les vacances qu'elle a passées chez eux, Yves
dit « Chez Caroline et moi » comme si Caroline
était encore vivante, parmi nous aujourd'hui. Il
parle des crêpes que Caroline leur avait appris à
faire, des crêpes de grand chef qu'on envoie en
l'air et qu'on rattrape à la volée. En disant cela,
Yves fait le geste, hop hop, et ça fait rire tout le
monde. Plus d'une fois, dit-il, les crêpes ont mordu
la poussière et là, encore, tout le monde rit. Puis,
Yves parle de nous trois. Lui, Anna et moi. Il dit
juste que nous formons une famille dont les liens
sont indicibles et cite un poème en anglais, magnifique, qui commence par une pluie soudaine, la
course pour rentrer, les vêtements qui étaient mis
à sécher, puis une allégorie qui dit que quand nous
essayons de nous séparer, tel le linge retenu et
entortillé par la pluie et le vent sur une corde,
souvent nous retiennent des liens que nous n'avons
jamais noués.

Il se tait alors, ému, je sais que Caroline lui
manque tant à ce moment-là, Anna lui envoie un
baiser volant. Il soulève son verre, se racle la
gorge :

— Portons un toast à Anna, à Alain et aux liens qui nous survivront.

Éric se lève ensuite pour un autre discours où les gens rient beaucoup parce qu'il raconte les bêtises d'Alain quand il était petit, des sottises d'adolescent, de ces premiers émois amoureux, du gras, du gros. Une bouffée de colère monte en moi, non pas à cause du discours mais parce qu'il vient après celui d'Yves, et qu'il gâche tout. Roman à côté de moi lâche d'un coup « Quel con ». Et nous nous mettons à rire. Moi, la bouche dissimulée derrière la serviette, lui, la tête baissée, les épaules secouées. Puis, sa main sur mon genou, sa grande paume bien étalée sur mon os cagneux, mon rire qui s'arrête d'un coup, comme un robinet qu'on ferme sec, ma main qui descend vers la sienne, qui la lui couvre à peine, mes doigts qui cherchent l'espace entre les siens, qui se plient, qui serrent fort, fort. Le discours n'est pas fini. Éric et la foule dans cette salle ne sont plus qu'un brouillard désormais. Roman retourne sa paume, je pose ma main dessus, aimants, amants, et nous voilà soudain comme se tiennent tous les amoureux de la terre, les mains croisées, sous la table.

10

Qu'est-ce qui m'arrive ? J'ai dix-neuf ans tout à coup, j'oublie les années, la solitude, les règles que je me suis fixées pour cette journée, l'image que je dois donner, la mère que je suis et qui marie son enfant. Je tiens la main d'un homme que je connais à peine, que je n'ai même pas regardé suffisamment pour inscrire son visage en moi, je caresse la partie charnue entre son index et son pouce, je l'imagine me serrer jusqu'à m'étouffer, j'imagine, j'imagine des choses auxquelles je ne devrais pas penser, pas aujourd'hui. Mon cœur s'emballe, est-ce qu'il l'entend ?

Quand les premiers plats arrivent, nous attendons la dernière minute pour nous lâcher, à regret. Nous le faisons doucement, nos mains s'éloignent en s'effleurant mais, à chaque bouchée, chaque fois que la fourchette est posée, elles reviennent, elles ont une vie à elles, elles sont intoxiquées l'une de l'autre. Il me caresse la paume avec deux doigts, remontant ma ligne de vie, ma ligne de désir, toutes mes lignes. Il touche mon poignet, remonte un peu sur mon avant-bras mais pas trop, je lui emprisonne la main, là, en haut avant le coude, je serre, je serre, je veux le garder. Les rires, le cliquetis des couverts sur les assiettes, les cris des enfants, les blagues, la musique, tout cela continue autour de nous, sans nous. Je n'ai aucune notion du temps, enfermée que je suis avec Roman dans une bulle où ne comptent que nos mains et leur langage.

Les autres se sont levés tout à coup, la valse des mariés a commencé dans l'autre salle, c'est la chanson du film *Jules et Jim*, le «tourbillon de la vie». Roman m'aide à me relever, s'écarte un peu mais me prend la taille juste un peu plus loin entre deux tables. Chacun pour soi est reparti dans le tourbillon de la vie, je pose ma main sur son épaule, qui dois-je remercier pour cela, pour ce rajeunissement soudain, pour cette énergie qui palpite en moi? Ma poitrine contre la sienne, son sexe contre mon nombril, on bouge à peine, juste des petits pas, les autres sont là-bas à regarder, à applaudir les vrais mariés. Je me sens avec lui comme avec quelqu'un que j'ai déjà connu avant, qui m'aurait tant manqué et que je serre dans mes bras doucement d'abord, pour bien vérifier que c'est vrai, puis avec force pour ne plus le laisser repartir. Jamais. Je l'ai retrouvé un soir à ma table, ça fait déjà un fameux bail.

Des baisers sur mon front brûlant, son visage dans mes cheveux, sa bouche qui se rapproche de la mienne, je n'ai pas peur, il n'a pas peur, on ne pense pas qu'on pourrait nous surprendre là, le papa et la maman, pas dans le bon ordre. Sa voix si fatale, son beau visage pâle m'émeuvent plus que jamais, sa bouche près de la mienne, si près, si près. Mes yeux qui se ferment, comme un doux sommeil m'envahit, me submerge, il me prend les lèvres. Je l'embrasse tendrement, affectueusement, puis plus fort, sa langue entortillée à la mienne, ses mains dans mes cheveux, qui serrent la tête, mes mains sur son cou, mon ventre liquide, son ventre dur, tous les deux enlacés, tous les deux enlacés.

Quand la musique s'arrête, nous nous séparons, la tête me tourne délicieusement mais je me ressaisis, les invités reviennent, Anna et Alain sont là, elle devant, lui derrière, elle me sourit, je lui envoie un baiser volant comme je faisais quand elle était petite, elle fait mine de regarder en l'air, d'essayer de l'attraper et, hop, elle l'a dans sa main droite. Elle le ramène contre son cœur et je me dis que c'est un jour merveilleux pour elle. Elle joue avec moi, elle est légère, elle est gaie.

— Vous êtes proches?

— C'est ma fille unique.

Je me tourne vers Roman, est-ce que mes lèvres sont rougies par son baiser, est-ce que mes yeux pétillent, est-ce que j'ai l'air d'avoir dix-neuf ans et d'avoir embrassé un garçon à pleine bouche, un garçon que je connais à peine, est-ce que mon visage porte ce mélange de plaisir, de curiosité, d'envie et de crainte ?

— Mais vous n'êtes pas proches ?

— Si, parfois. Maintenant, là, oui. Je lui envoyais des baisers de cette manière-là quand elle était petite ; il y a des années que je ne fais plus cela. Elle s'en souvient encore. Mais…

— Mais ?

— Rien. Rien. Je l'aime, elle est tout ce que j'ai. Je lui en veux aussi parfois.

Je regrette cette phrase à la minute où elle sort de moi, mère indigne. Je couvre ma bouche de ma main mais c'est trop tard, il a entendu ma cruauté.

— Je comprends. Alain est mon fils unique aussi. C'est facile pour nous d'aimer nos enfants mais pour eux, je ne sais pas. Ils nous en veulent tellement. Alain me reproche d'être loin mais jamais je ne risque ma vie, je fais toujours attention, je réfléchis à deux fois avant de faire quelque chose qui peut être dangereux, je voudrais aller ailleurs, aller encore plus loin mais je pense à lui, alors, et je me dis que je lui dois cela.

— Rester en vie ?

— Oui.

Évelyne l'appelle tout à coup. « Roman ! Roman ! » Il s'éloigne en me souriant. Dehors, la nuit est tombée, la journée d'Anna touche à sa fin, presque. Je prends la serviette qu'il a laissée à côté de son assiette, furtivement. Je la déplie, la replie, la pose sur mon genou. Je reste là pour le dessert, je crois qu'il me manque, je ne sais pas si c'est cela, cette tristesse soudaine, ces doutes sur ce que je veux, désir, envie, amour, il faut du temps pour savoir tout cela, moi je n'ai pas ce temps-là. Yves vient s'asseoir à côté de moi, il me prend par l'épaule, me donne sa part de gâteau, il fait toujours ça, Yves, me donner la dernière sucrerie. Anna vient vers nous, s'assied aussi. Tant de gens absents entre nous. Matthew, Caroline, mes parents, tant de fantômes entre nous qui nous éloignent et nous rapprochent. Dans quelques années, que retiendrons-nous de cette journée ? Que racontera Anna à ses enfants de cette journée ? Pensera-t-elle aux absents, à ceux qui étaient là, au moment d'avant, quand tout était encore possible, quand elle pouvait encore tout arrêter ? Aux visages qui la fixaient quand elle marchait main dans la main avec Yves vers l'autel tendu de toile pâle ? À ces souvenirs qui l'ont sûrement traversée, à ce moment-là ? À quoi pense-t-on dans des jours pareils ? Que veut-on retenir, emprisonner sous une cloche en verre qu'on pourra admirer longtemps après ? Une couleur, l'éclat d'un rire, le souffle d'un baiser, la moiteur d'une main serrée, la teinte du ciel, le bruit du vent éclaté dans les arbres ?

Nous ne disons rien, notre silence ressemble à ceux d'après une séance de cinéma, quand le film est bon, quand les émotions perdurent, quand les images dansent encore dans la tête et que personne ne veut dire « Alors, qu'est-ce que t'en penses ? », parce qu'à ce moment, au moment où cette phrase serait dite, le film serait alors du passé puisqu'il faut déjà mettre les mots sur les émotions.

Malgré la confusion de cette salle à manger, malgré les enfants qui jouent avec des fourchettes comme si c'était des épées et qui disent « attaque, attaque, attaque », malgré cette vieille qui dort dans un coin et dont la tête est si penchée qu'elle semble s'appuyer sur son ventre mou, malgré la nuit, malgré ce jour qui s'égrène inexorablement, malgré tout cela, la noce d'Anna est encore du présent. Ma fille regarde la grande salle avec tendresse, les enfants, la vieille, le désordre, le serveur qui commence à débarrasser et qui sûrement veut nous voir ailleurs, les coquelicots qui penchent la tête, imitant la vieille, il y a comme un soulagement heureux dans son regard. Pense-t-elle que c'est une belle journée ? Pense-t-elle que c'est une belle vie qui commence ?

Yves s'assoupit un peu, son souffle devient sourd, régulier, pourtant il a les yeux ouverts. Il dort ici, lui aussi, j'ai appris que le château avait dix chambres. Je lui touche le bras et lui demande s'il veut aller se coucher. Il se redresse en protestant.

— Mais non, mais non. Je peux encore faire nuit blanche tu sais. Je ne suis pas si vieux !

Alain accourt ensuite, tend la main de loin à ma fille et elle se relève sans un regard pour nous, sans un mot. C'est ainsi. Ce sera comme cela désormais. Elle sera à lui, je passerai après. On a beau se dire qu'on fait des enfants pour qu'ils puissent s'envoler et être heureux, on ne veut que les retenir, être les seuls à leurs yeux, qu'ils ne coupent jamais le cordon, qu'ils aient encore besoin de nous. Mais, pour être honnête, ça fait longtemps qu'Anna n'a plus besoin de moi. Elle n'a pas attendu d'avoir rencontré Alain pour cela, elle n'a pas attendu d'être mariée, elle a renversé la tendance il y a longtemps.

Dans l'autre salle, le DJ — un garçon avec un bonnet enfoncé sur la tête jusqu'aux yeux, une veste marine et des chaussures de sport — monte le son. Peut-être a-t-il senti que ça s'essoufflait de part et d'autre. Yves m'entraîne avec lui, je fais quelques pas, «*A little bit of Monica in my life, A little bit of Sandra in the sun*», dit la chanson. Anna rit aux éclats, comme quand elle était petite et que Madeleine dansait le flamenco avec elle. Danser la fait rire, depuis toujours. Ensuite, je dis à Anna que je vais me coucher.

— D'accord, demain on prend le petit déjeuner tous ensemble, hein?

— Oui. C'était une belle journée ma chérie.

Anna sourit et une femme s'approche de nous tout en dansant pour dire que nous nous ressemblons comme deux gouttes d'eau. Ce n'est pas vrai mais Dieu que ça fait du bien! Anna me serre dans ses bras et me remercie. J'aurais voulu lui dire que je n'ai strictement rien fait mais je pense alors que ça doit être pour cela qu'elle me remercie. De n'avoir justement rien fait. De ne pas avoir fumé à table, pas avoir rêvé dans un coin, seule, de ne pas avoir commis d'impair, d'avoir respecté sa liste.

Yves danse avec la jeune femme de tout à l'heure, il bouge peu, il est un peu gauche. Évelyne est en grande conversation avec deux autres dames, je slalome un peu entre les tables, je suis contente de moi, j'ai réussi l'examen, je n'ai rien fait de mal, je n'ai rien dit qui puisse blesser ma fille. J'ai droit à une cigarette, dehors, devant le château. Quelqu'un d'autre fume aussi, c'est Roman. Il est assis sur les marches, se retourne et me dit « Ça bouge là-dedans ? ». J'acquiesce. Il fume des petits cigarillos et je m'installe à côté de lui. Autour de nous la nuit bleue, les volutes, la rougeur et le petit grésillement de nos cigarettes.

— Où en étions-nous déjà, Sonia ?

Plus rien n'existe que ces mots-là. Je ne dis rien, je finis ma cigarette tranquillement, j'attends qu'il finisse la sienne puis je lui prends la main. Je ne sais pas très bien ce que je fais à ce moment-là, je sais juste que je ne veux pas que la noce d'Anna se termine comme ce matin dans la chambre je l'avais imaginé : moi, dans mon lit, seule, un peu soûle.

La musique nous heurte quand nous rentrons, ils ont mis les lumières qui clignotent, quelques enfants passent d'une salle à l'autre, sans nous prêter la moindre attention. Je tiens toujours la main de Roman. Je prie pour qu'il ne dise rien, pour qu'il ne pose aucune question parce que je sais que ça briserait la glace fragile qu'est mon insouciance à ce moment-là. Je ne cours pas quand on passe devant la salle où tout le monde danse, je ne presse même pas le pas. Quelqu'un pourrait nous voir, moi, la maman de la mariée tenant la main du papa du marié. Tout peut arriver, et c'est justement à cause de cela, peut-être, que je n'ai pas peur. Je me dis que si quelque chose doit nous arrêter, c'est là. Maintenant.

Lui non plus ne tremble pas quand nous passons le salon où les gens dansent et ressemblent à des robots à cause des boules lumineuses qui clignotent, leurs gestes sont brusques, sans fluidité. Je prends l'escalier, Roman toujours derrière moi, je ne le regarde pas, je ne jette pas un coup d'œil par-dessus mon épaule, je sens juste sa main dans la mienne, fermement, sans regrets, sans doutes. Je me dis alors qu'il faut que je me souvienne. J'ai si peu fait cela. Amasser les souvenirs comme autant de beaux galets pour les jours où je serai seule. De Matthew je me souviens des grains de beauté sur sa peau claire, du sourire triste qu'il a eu en me quittant ce matin-là, de mon doigt dans un passant de son pantalon, de la voix rauque de Nina Simone quand on s'embrassait, mais j'ai vécu six mois avec lui et je regrette de n'avoir pas retenu plus de choses. Alors, ce soir, parce que de cet homme je ne saurai que ce qu'il voudra bien me dire et me montrer aujourd'hui, parce que je sais qu'entre nous, ce n'est même pas une histoire possible, juste un hasard dans le tourbillon de la vie, parce que je sais tout ça, je me dis qu'il faut que je sois, comme jamais, éveillée. Que je me souvienne de nos pas étouffés sur le tapis de velours bordeaux qui protège l'escalier. De ma main gauche qui suit la rambarde lisse, de cette lumière qui se tamise au fur et à mesure que l'escalier tourne, du bruit qui s'éloigne, de nos ombres sur le mur, des ombres longues, irréelles. De cette impression d'attente entre nous, palpable. Du froissement de ma robe, de nos pas prudents et pourtant assurés sur le parquet du couloir qui mène à la chambre, de l'interrupteur automatique qui a fait clac mais qui ne nous a pas arrêtés. On aurait pu le confondre avec autre chose, un bruit de pas, une porte qui bat, la voix d'une personne, mais non, cela ne nous arrête pas. Se souvenir du cliquetis de la clé à ma porte, de ma main qui lâche la sienne à ce moment-là, du vide qui s'empare de mes doigts, de son corps qui se rapproche de mon dos, de son souffle dans mes cheveux, de la fraîcheur de ma chambre quand j'ouvre la porte parce que j'ai laissé la fenêtre ouverte et de mon parfum mêlé à celui de la nuit qui flotte dans l'air.

Derrière lui, je referme doucement. Puis, je me retourne, je m'appuie contre la porte parce que soudain j'ai les jambes en coton et soudain, je sais que nous sommes seuls et ce que j'ai inexorablement commencé.

11

Il ne vous est jamais arrivé de vous demander comment la mer, un jour de soleil d'hiver et de solitude, semble si flambant neuve ? Vierge, nouvelle, sortant à peine d'on ne sait où, toute naïve et innocente. Comme si jamais personne ne l'avait touchée, ne l'avait embrassée, pénétrée, avalée, recrachée, prise dans tous les sens. Je me sens comme cela, à cet instant précis où mon dos est contre la porte et son ombre couvre mon visage. Je n'ai rien vécu, quarante-deux ans de vie ne m'ont rien appris, rien, je suis comme une enfant à ce moment-là. Mon cœur jamais blessé, mon corps jamais saigné, ma tête jamais éclatée par les angoisses, je ne sais pas encore mentir, trahir, quitter, détester, tricher, voler, faire semblant. Je ne sais rien de tout cela. Je n'ai jamais été malade, je ne pense pas à la mort, je n'ai jamais souffert, je vis, tout simplement. L'avenir, le futur, demain, toutes ces choses qui m'ont toujours été pénibles parce que remplies d'imprévus, toutes ces choses mouvantes comme du sable, qui ne nous attirent que quand on n'a jamais goûté ni recraché leur goût amer, tout cela m'attend et je n'en ressens aucune angoisse. Où commence l'inconscience et où finit le courage ?

Il est dix heures et demie. Je vais fermer la fenêtre et j'attrape en même temps la lune et mon reflet sur la vitre qui se superposent. Sur le ciel doucement éclairé, se découpent les grands arbres de la forêt derrière le château. Il n'y a pas de couleurs à ce moment-là, dehors, je ne vois plus les champs de colza, la vallée, la brume, les petites maisons, c'est désormais comme un tableau en noir et blanc. Je souris à mon reflet, mes cheveux entourent mon visage et le rendent encore plus petit. Roman se rapproche et on dirait que je regarde un film. Je vois son visage, ses cheveux en bataille derrière moi, c'est un vieux film, comme une photo bougée, floue, entre nous la lune, entre nous la nuit, il se met derrière moi, le visage à moitié dans mes cheveux, il sourit aussi et, ensuite, je ne vois rien parce que je ferme les yeux. Et que me vient cette certitude incroyable que les choses iront mieux désormais.

Ce que je sais tout de suite, c'est que nous sommes dans le vrai. Savoir cela tout de suite, ne pas en être effrayée ni crispée me donne un calme et une plénitude que rarement sinon jamais je n'ai eus. Je n'ai toujours pris conscience de la valeur des choses qu'après, quand le moment est passé, quand ce n'est que du passé et que désormais il ne me reste plus que mélancolie et souvenirs. Maintenant, le temps semble ralentir, se diviser en secondes longues que je peux savourer, où je peux me glisser tout entière, faire en sorte que chaque parcelle de ma peau ressente en long et en large ce moment-là. Je ne suis pas pressée et, pour une fois, ni je n'essaie d'avoir le dessus sur les heures qui passent, ni je ne les subis. Pour une fois, les heures me sont amies, alliées, sœurs. Mon cœur est ouvert comme le ciel, mon cœur est le ciel.

Pourtant, ce n'est pas parfait. Je suis parfois prise d'une pudeur de jeune fille, Roman est un peu maladroit, nous recherchons des repères de première fois, les yeux, la bouche, nous ne nous lâchons pas les mains, nous ne faisons pas des choses pendant lesquelles nous ne pourrions plus nous regarder dans les yeux mais c'est dans ces maladresses-là, dans ces hésitations-là, dans cette touchante gaucherie de gestes émus que je retrouve du plaisir, que mes yeux s'embuent, que mes larmes coulent, que mon cœur fait trembler ma poitrine. Je ne fais pas semblant d'être la maîtresse idéale, de savoir des choses, je n'éprouve pas le besoin de prouver que j'ai fait l'amour souvent, je suis dans le vrai, avec ce que l'âge m'a offert de meilleur, avec ce que les années m'ont agrafé de pire.

Nous rions de nos hésitations, et en même temps, à ce moment-là, c'est mieux que parfait. Entre nous, une complicité qui n'est pas celle des amants d'une nuit, entre nous, une harmonie parfois jamais atteinte après des années de vie commune. Il a sur la clavicule trois grains de beauté séparés les uns des autres par un doigt, puis deux autres sur l'épaule, un autre plus gros, sur la hanche, qu'on peut prendre et faire rouler doucement entre l'index et le pouce. Un grain de beauté rose, un peu fripé mais rose comme le sont les joues d'une jeune fille dans les romans du dix-huitième. Il en a un autre plus bas, à l'intérieur des cuisses, je n'ai pas osé regarder de près, je l'ai effleuré un peu, j'ai fermé les yeux et j'ai imaginé que celui-là aussi était rose. Je me suis dis que j'ai tout le temps de vérifier. Pour la première fois de ma vie, je ne suis pas pressée, demain, après-demain, dans un mois, dans un an, qu'importe, ce qui se passe aujourd'hui, au cours de la noce d'Anna, me sera acquis pour toute la vie. Je me surprends à ne rien espérer, à ne rien attendre.

La fête continue en bas, il y a comme un cœur qui bat fort contre le plancher, je ne sais pas quelle heure il est, je n'ose bouger. Roman est au creux de mon épaule, il ne dort pas, nous sommes éveillés comme jamais. Je prie pour que ce moment dure toujours. Pas que Roman soit dans mon lit, non, je sais que cela n'est pas possible, peut-être que cela n'est pas souhaitable, mais que ce sentiment d'avoir fait ce qu'il y avait à faire, d'avoir été juste dans mon corps et dans mon esprit, d'avoir écouté mon intuition profonde et de ne pas m'être trompée, que ce sentiment-là dure la vie. J'ai l'impression que maintenant, pour la toute première fois, je vis ce qu'on pourrait appeler une chose simple, belle, gracieuse, que j'attrape un moment imperceptible et précieux, de ceux qui nous échappent constamment parce que nous perdons notre temps à aller vite, à accumuler, à vouloir tout gagner et que nous ne savons plus contempler.

Je repense à cette journée, commencée dans une sorte de mélancolie, de lenteur alors qu'Anna et moi étions encore à la maison. Protégées par les murs, nous l'étions aussi contre le temps et dès que nous avons mis le pied dehors, la bulle a éclaté, les heures nous ont séparées et ont emporté avec elles notre éphémère complicité et notre vie d'avant. Depuis que je suis avec Roman dans la chambre, tout se calme, le temps comme une grosse vague, se pose, se retire.

J'étends le bras pour chercher ma montre et la porte s'ouvre à ce moment-là. Je ne m'arrête pas dans mon geste, je saisis ma montre, il est minuit moins le quart, je sais que c'est Anna qui est là. Elle essaie de ne pas faire de bruit, je reconnais le chuintement de ses pas, ses petits pieds qu'elle essaie de poser orteils en premier, elle a toujours fait ça mais je l'ai toujours entendue venir, peut-être l'ai-je sentie venir. Ce soir, il y a un bruit nouveau, le froissement de sa robe qu'elle remonte un peu peut-être. Je n'ai pas peur, pas cette fois. J'ai passé ma vie à avoir peur de ma fille, à avoir peur de ne pas savoir l'élever, peur qu'elle passe

174

son temps à me critiquer, peur qu'elle soit trop différente de moi, peur qu'elle me ressemble trop, peur d'être trop moi-même, peur de décevoir, peur de ne plus aimer, de ne plus savoir aimer, de ne plus être aimée. Je crois que si un jour on me demandait de résumer ma maternité, ce serait par ce sentiment-là : la crainte. Tant de responsabilités, une vie entre vos mains, se rend-on vraiment compte quand on donne la vie, pense-t-on un instant à cela : le poids d'une vie accompagnée de ses succès, de ses échecs, de ses actes manqués, une vie que l'on ajoute à la nôtre, comme si notre vie propre, cette chienne de vie, ne suffisait pas. Non, on pense au visage que notre enfant aura, à qui il ressemblera et on passera des jours et des jours à le regarder dormir pour observer ses traits, on pense aux gazouillis et aux premiers mots, on pense à l'espièglerie des enfants qui nous feront rire, on pense aux anniversaires et aux chaussures neuves qu'il portera fièrement, on pense au premier vélo, à la première fois où on n'aura plus besoin de le tenir, à ses premiers pas, on pense aux devoirs, à son intelligence, forcément il sera intelligent, forcément il sera beau.

Je chuchote juste à Roman «Ne t'inquiète pas» et la voilà. J'ai le temps de fixer son visage d'avant, sa contenance d'avant : avant qu'elle ne se rende compte que je suis au lit avec un homme, son beau-père. Elle tient sa jupe remontée jusqu'aux mollets, elle n'a plus ce visage un peu figé qu'elle

avait pendant la cérémonie, ce fond de teint trop
pâle pour elle, ce rouge à lèvres trop carmin. Elle
est merveilleusement fatiguée, voilà ce qui lui donne
cet air si heureux, le sentiment d'avoir tout pro-
digué aujourd'hui, d'avoir fait de cette journée,
comment dit-on déjà, la plus belle de sa vie. Elle a
même un petit sourire malicieux.

Puis, elle voit. Que voit-elle exactement, au fait ?
Nous sommes sous les draps, pudiquement, ne
dépassent que nos bras, nos cous, nos têtes. Anna
laisse retomber sa jupe, couvre sa bouche avec sa
main, étouffe un petit cri et part en courant. Ses
talons tonnent sur le plancher, elle claque la porte,
je l'entends courir dans le couloir.

Je n'ai toujours pas peur, je n'ai pas bougé.
Roman soupire, me prend la main et je suis reconnaissante qu'il ne dise rien. Je me lève alors, je
remets ma robe de la noce d'Anna, je ne dis pas au
revoir, je ne veux pas me poser la question si
Roman sera encore là à mon retour ou pas, je
m'en vais parler à Anna.

Quelques invités dansent encore, dans la salle à
manger. Il y a un petit garçon qui dort sur trois
chaises qu'il a alignées. Anna n'est pas là. Je sors,
l'air frais me fait frissonner et je vois son ombre
blanche assise près de l'autel. J'ai toujours eu peur
d'affronter ma fille, comme si je me sentais en état
d'infériorité, incapable de soutenir ses arguments
ou de lui donner les miens, de la faire plier. Je
préparais toujours mille choses à dire, mille gestes

à avoir, mille raisons qui la laisseraient sans voix et, dans la discussion, je n'arrivais jamais à en placer une, paralysée que j'étais par mon amour et ma crainte. Ce soir, je m'avance vers elle doucement, je suis pieds nus, je m'en rends compte seulement maintenant, et surtout, je n'ai pas peur. Mon corps est un corps de femme, ma tête ne se remplit pas de pensées volatiles, non, je suis centrée, concentrée, je n'ai pas peur.

— Anna ?

— Laisse-moi tranquille, maman.

Avant, j'aurais battu en retraite prétextant respecter sa volonté et soupirant intérieurement de ne pas devoir aller au conflit tout de suite, mais là, j'entends ce « maman » qu'elle a prononcé, oh non pas avec douceur, ne rêvons pas trop, mais avec calme, elle n'y a pas mis son intonation de bourgeoise exaspérée, juste du calme. Je m'assois derrière elle, je meurs d'envie de lui caresser le cou, de la prendre dans mes bras, avant je me serais jetée à terre, m'excusant, m'excusant mille fois d'être une si mauvaise mère. Mais là, je ne fais que m'asseoir, le ciel est clair, au-dessus du château il y a beaucoup d'étoiles, ça me fait penser à Roman, pour la première fois, les étoiles ne me font pas penser à Matthew, je suis du regard quelques étoiles jusqu'à ce que le ciel soit caché en contrebas par l'épaisseur de la forêt. La nuit sent le bois, l'herbe mouillée, la terre un peu retournée. Je soupire malgré moi et Anna aussi. Elle regarde le ciel. Alors, parce que tout semble parfaitement immobile et immuable ici, parce que rien ne vient perturber l'ordre des choses, une mère et sa fille assises dans la douceur de la nuit, parce qu'elle et moi avons enfin, me semble-t-il, l'espace d'un instant, trouvé nos places dans ce monde, parce que, somme toute, à ce moment-là, dans les derniers instants de la noce d'Anna, nous ne sommes rien que des femmes, si petites, si insignifiantes face à ce ciel dessiné d'étoiles, à cause de tout cela peut-être, je lui raconte pour la première fois mon histoire avec son papa.

Celle-ci commence quand je l'ai rencontré dans la librairie derrière le British Museum de Londres et se termine quand il part, ce matin-là, pour vivre ses rêves. Je lui raconte comment nous avons acheté les tasses et elle a un petit soubresaut, je n'ose vérifier si elle pleure ou pas. Je ne fais pas des guirlandes à l'histoire, je ne mets pas de guillemets, je n'essaie pas de l'enjoliver pour lui faire plaisir, j'essaie de lui dire ce qui se passait dans ma tête quand j'avais dix-huit ans et que j'ai aimé son papa. Quand le silence retombe autour de nous, et que même le vent s'est arrêté dans les arbres, Anna se retourne vers moi, les yeux brillants. Elle se lève, se place à côté de moi et je laisse aller ma tête contre son ventre. Elle me serre contre elle, elle me caresse les cheveux, qui est la fille, qui est la mère, jamais elle ne m'a prise comme cela, jamais je ne me suis laissé aimer par elle comme cela. Nous restons ainsi longtemps, puis elle me dit une phrase d'enfant, comme elle n'en a pas dit depuis bien des années :

— Qu'est-ce qui va se passer maintenant, maman ?

Je me relève, lui prends le visage dans les mains, son si beau visage, j'ai la plus belle fille du monde, j'ai fait ça, moi, presque toute seule, presque. Nous nous prenons par la taille et nous rentrons dans le bruit de la fête. Devant la porte, elle me resserre dans ses bras, me dit qu'on se reverra au petit déjeuner, tout à l'heure. Je m'apprête à partir quand elle me retient, les yeux brillant de larmes.

— Merci maman, je ne savais pas que tu l'aimais tant.

Puis elle part, elle sautille vers son mari. Peut-être ai-je imaginé qu'elle a sautillé, peut-être, mais ça fait du bien de se persuader que son enfant sautille vers son avenir.

Je remonte l'escalier, je ne fais aucun bruit, pieds nus que je suis, et juste avant de tourner la poignée de ma chambre, avant de savoir si Roman est toujours là ou pas, avant de savoir, comme le demandait ma fille, « Qu'est-ce qui va se passer maintenant », je me dis que la noce d'Anna est certainement le plus beau jour de ma vie.

DU MÊME AUTEUR

Éditions Gallimard

LES ROCHERS DE POUDRE D'OR, 2003. Prix RFO du Livre 2003, prix Rosine Perrier 2004 (Folio n° 4338)

BLUE BAY PALACE, 2004. Grand Prix littéraire des océans Indien et Pacifique 2004.

LA NOCE D'ANNA, 2005. Prix Grand Public du Salon du livre 2006 (Folio n° 4907)

Aux Éditions de l'Olivier

LE DERNIER FRÈRE, 2007. Prix du Roman Fnac 2007, prix des Leteurs de *L'Express* 2008, prix Culture et Bibliothèque pour tous 2008.

COLLECTION FOLIO

Composition Interligne
Impression Novoprint
à Barcelone, le 25 avril 2009
Dépôt légal :avril 2009

ISBN 978-2-07-037994-1 / Imprimé en Espagne.

164006